필사할 책과 필사 노트.

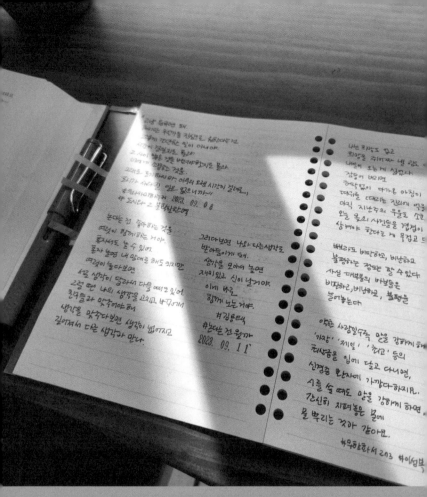

필사 노트. 펼치기 쉽고 바인딩이 가능한 리필 노트를 이용한다.

나만의 필사 공간. 최근 이사를 하며 새롭게 마련해보았다.

필사 용품들. 문진과 바인더 그리고 만년필, 필사한 날짜를 기록하는 도장.

글밥 닉네임이 각인된 문진과 바인더.

문진은 필사할 동안 페이지가 넘어가지 않도록 도와준다.

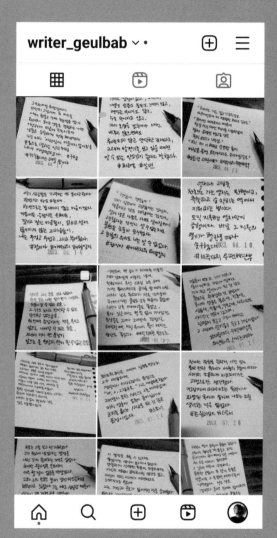

필사 사진을 계속 모아가는 인스타그램.

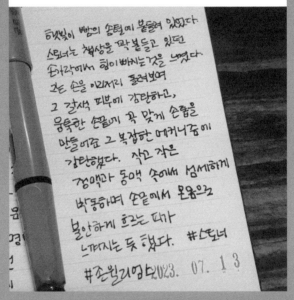

햇빛이 뱀의 솜털에 붙들려 있었다
스님너는 책상을 꽉 붙들고 있던
손가락에서 힘이 빠지는 것을 느꼈다.
조은 손을 이리저리 돌려보며
그 갈색 피부에 감탄하고,
뭉툭한 손끝에 꼭 맞게 손톱을
만들어주 그 복잡한 메커니즘에
감탄했다. 작고 작은
정맥과 동맥 속에서 섬세하게
박동하며 손끝에서 온몸으로
불안하게 흐르는 피가
느껴지는 듯 했다. #스님너

#존윈리엄스 2023. 07. 1 3

필사를 하고 날짜 도장을 찍어 언제 필사했는지 기록을 남긴다.

습관은 반드시 실천할 때 만들어집니다.

좋은습관연구소의 34번째 습관은 글쓰기 실력을 늘리기 위한 필사 습관입니다. 글쓰기 공부를 하는 분들이 한 번씩 도전하는 것 중 하나가 좋은 글을 읽고 필사하는 일입니다. 이 책은 글쓰기 관련 책 집필과 강의를 이어가고 있는 글밥 김선영 작가가 자신의 필사 경험을 바탕으로 글쓰기에 도움이 되는 문장 30개를 뽑고 소개한 책입니다. 작가가 골라준 문장을 필사하며 글쓰기 루틴을 만들고, 문장 표현력을 기르고, 작가로서 가져야 할 인간미를 함께 고민해보면 좋겠습니다.

따라 쓰기만 해도

글이 좋아진다

글밥
김선영
지음

글쓰기에 도움이 되는 필사 문장 30

좋은습관연구소

따라 쓰기만 해도 글이 좋아진다

글을 쓰고 싶은데 머뭇거리는 사람에게 나는 '필사'를 해 보라고 권한다. 남의 글을 따라 쓰고 간단한 소감을 덧붙이는 것쯤은 부담이 없다. 글쓰기라는 세계로 들어가는 가장 쉽고 빠른 문이 필사다.

매일 필사하며 '문장 수집가'로 산 지 벌써 4년 차가 됐다. 필사가 습관으로 뿌리 내릴 줄은 몰랐다. 필사는 그야말로 매년 다짐하는 새해 목표 중 하나였다. 무릇 연말이 되면 한 해를 돌아보며 계획을 세우지 않는가. 새해에는 '좋은 습관' 하나쯤 만들겠다고(보통 1분기나 유지하면 다행!). 필사도 그렇게 가벼운 마음으로 시작했다.

우연히 발견한 온라인 필사 모임에 참여 신청을 했다. 운영자가 제공하는 문장을 따라 쓰고 밴드에 인증하면 되니 간단해 보였다. 책을 잘 읽지 않는 남편을 꼬드겨 함께 하기로 했다. 매일 밤, 우리는 한 단락 분량의 주어진 글귀를 노트에 베껴 썼다.

문장을 곱씹으며 느낀 점을 나누는 루틴이 소소한 즐거움으로 자리 잡았다. 한 달을 채우고 나니 뿌듯했다. 그 후로 신기하게도 책을 읽을 때마다 필사하고 싶은 문장이 눈에 띄었다. '아, 책을 읽다가 밑줄 긋고 싶은 문장을 필사하면 되겠구나.' 그렇게 나는 필사 홀로서기를 했다.

사람들은 왜 필사를 하려고 할까. 책을 읽다가 발견한 좋은 문장을 기록해두고 싶어서, 훌륭한 문장을 베껴 쓰다 보면 내 문장도 발전하지 않을까 하는 기대감에, 작가의 정신을 닮고 싶어서 등 이유는 달라도 목적은 같다. '나도 잘 쓰고 싶다'는 바람 때문이다. 다행히 필사는 그 목적지로 안전하게 안내하는 '교통수단'이 맞다. 잘 쓰려면 '많이 읽고 많이 쓰는 것'이 기본인데, 두 가지 모두를 충족하는 행위가 필사다.

처음 필사를 하려고 하면 어떤 책을 선택해야 할지 헤매게 된다. 어떤 문장을 추려야 하고 어떻게 음미할지 방법도 모른다. 이렇게 베끼기만 하면 되는 건지 의심스럽기도 하다. 또 호기롭게 시작한 처음과 달리 꾸준히 지속하기도 쉽지 않다.

이 책은 '필사의 문'을 열지 못하고 문 앞에서 서성이는 분들에게 건네는 초대장이다. 앞으로 30일 동안 매일 초대장을 보낼 테다. 초대장을 받고 책에 실린 문장들을 모두 필사하고 나면 나처럼 '필사 독립'을 하게 된다. 스스로 책을 읽고 문장을 찾아 나서게 된다. 기성작가의 글쓰기 기술을 나만의 방식으로 체화하는 것과 같다. 그때쯤이면 진지하게 내 글을 써볼 용기도 생긴다.

지난 4년 동안 필사했던 1,400여 개 글귀 중 '글쓰기에 도움이 될 만한 문장'을 고르고 골라 30개로 추렸다. 문장이 왜 마음을 움직였고, 글을 쓰는데 어떤 도움이 되는지 하나씩 설명했다. 이 책을 읽는 독자가 '이런 기준으로도 필사 문장을 꼽는구나' 이해하도록 했다. 30개 필사 문장은 모두 글을 쓰는 영감의 재료이자 습관으로 연결된다. 따라 쓰면서 다채로운 글쓰기 기술도 익힐 수 있다.

1장은 글을 꾸준히 쓰는 데 필요한 습관이 무엇인지 알려준다. 선배 작가(필사를 시작하는 당신은 이제 작가가 될 테니)들이 어떤 환경에서 어떤 마음가짐으로 글을 썼는지, 방해물이 생기거나 무기력에 빠졌을 때 어떻게 극복했는지, 필사를 하다 보면 하나씩 깨닫게 된다. '나도 이렇게 하면 되겠다'라는 여유도 생긴다.

2장에서는 훌륭한 문장에 담긴 표현 기술을 다룬다. 필사 문장의 표현법에 집중했다. 왜 이 문장이 독자에게 매력적으로 다가오는지 설명했다. 묘사 잘하는 법, 감정을 세심하게 표현하는 법 등을 배울 수 있다. 결과적으로 글을 쓰는 데 필요한 새로운 시선을 얻게 된다.

3장에서는 글쓰기의 진정한 의미를 돌아보는 시간을 갖는다. 글을 쓴다는 것은 단순히 내 생각을 표현하는 것 외에도 다양한 의미가 있다. 진짜 나를 찾아가는 과정이며 더 나은 삶을 살도록 견인하기도 한다. 글은 타인에게 미치는 영향력이기도 하다. 그래서 쓰는 사람은 건강한 가치관을 가져야 한다. 훌륭한 문장을 필사하다 보면 더 멋진 사람이 되고 싶어진다.

시중에 나온 필사 책은 시대를 타지 않는 해외 고전이나 명언들로 구성된 경우가 많다. 이 책은 다르다. 그렇게 오래된 문장이 많지 않다. 주로 '요즘 읽는 책'에서 뽑았다. 그것이 누군가에게는 신선할 것이고 또 누군가에게는 아쉬울 것이다. 신선한 사람은 필사 문장이 실린 책을 찾아 읽을 것이고 아쉬운 사람은 스스로 다른 책을 골라서 필사할 것이다. 어떻게든 필사와 글쓰기의 욕구가 생길 것이니 양쪽 다 좋다.

나는 2019년 처음으로 필사를 시작했다. 지금까지 거의 매일 하루에 한 단락씩, 4년 동안 멈추지 않고 필사를 했다. 멈추지 않는 이유는 필사가 즐겁고 유익한 일이라고 느껴서다. 이 책으로 서른 개의 문장을 필사할 당신도 그 기쁨을 알게 되었으면. 그리하여 필사를 꾸준한 습관으로 챙겼으면 좋겠다.

그저 좋아서 꾸준히 해온 필사 덕분에 책까지 출간하게

됐다. 내가 필사 사진을 매일 올리는 SNS 계정을 '좋은습관 연구소' 대표님이 눈여겨본 덕분이다. 책을 준비하며 그동안 베껴 쓴 주옥같은 문장을 하나하나 다시 읽어보는 소중한 기회가 됐다.

마지막으로 자식같이 귀한 문장들을 흔쾌히 인용하도록 허락해주신 필사 문장의 원문 작가님들께 깊은 감사를 전한다.

목 차

1장. 흔들리지 않는 글쓰기 루틴을 만드는 법

2장. 더 다채롭게 표현하는 법

3장. 인간미 넘치는 '쓰는 사람'이 되는 법

시작

아무리 바빠도
매일 필사하는 습관

필사가 왜 글쓰기에 도움이 될까

나는 매일 밤, 잠자리에 들기 전 필사 할 책과 필사 노트를 펼친다. 만년필을 쥐고 책과 노트를 번갈아 보며 따라 쓰기를 시작한다. 문장을 속으로 되뇌며, 때로는 입으로 중얼거리며 쓴다. 쓰는 행위는 조심스럽고 정성스럽다. 이왕이면 반듯하게 획을 그으려 애쓴다. 때로는 글의 내용과 어울리는 필체로 써보기도 한다.

필사는 바쁜 일상에서 잠시 숨을 고르며 의도적으로 찍는 쉼표다. 온종일 여러 일을 처리하느라 쫓기듯 살다가도 침착하게 나에게 집중하는 단 5분의 시간, 그것만으로도 필사는 가치가 있다. 내 삶의 속도는 내가 조정하겠다는 일종의 선언인 셈이니까.

무엇보다 필사는 글쓰기에 도움이 된다. 베껴 쓸 문장을 어디에서 찾겠는가. 자연스럽게 독서를 할 명분이 생긴다. 필사하면 1년에 한 권이 아니라 일주일에 한 권도 읽는다.

좋은 글을 쓰는 최고의 비법은 책을 가까이 하는 것이다. 책을 많이 읽으면 글쓰기에 재료가 되는 배경 지식이 넓어진다. 맥락을 짚어내는 힘이 길러지고 다양한 문장 구조를 접하면서 문해력과 문장력이 자란다.

필사가 습관이 되면 글쓰기 소재도 마를 날이 없다. 무엇을 써야 할지 고민될 때는 필사 노트만 펼쳐봐도 무궁무진한 이야깃거리가 튀어나온다. 작가의 문장에 찬반을 얹어보기도 한다. 필사 내용과 비슷한 경험(생각)을 했던 오래전 기억도 끄집어낼 수 있다. 누가 자꾸만 옆구리를 콕콕 찌르는 것만 같다. '이래도 쓸 거리가 없다고?'

어휘력도 풍부해진다. 글쓰기 연습을 하는 분들에게 '내 글은 단조로워요, 늘 같은 단어만 반복해요'라는 고민을 많이 듣는다. 어쩌면 당연한 일이다. 내 머릿속에 들어있는 단어는 한정적이고 글을 쓸 때 그 안에서 골라 쓸 수밖에 없으니. 남의 글을 읽고 따라 쓰는 것은 타인의 머리로 생각해보는 일이다. 그러다 태어나서 한 번도 만나지 못했던 단어를 마주치기도 한다. 눈으로 읽을 때는 스쳐 지나가지만 손으로 눌러쓰면 보인다.

이렇게 만난 귀한 단어는 스마트폰을 열어 따로 국어사전 앱에 저장해둔다. 그리고 기회가 될 때마다 내가 쓰는 글에 넣어본다. 문장 구조도 마찬가지다. 필사를 하면 늘 사용하는 어미와 단문 구조에서 벗어나 다채로운 문장을 만날 수 있다. 결국 내 글쓰기 자산이 된다.

필사 할 책은 어떻게 고를까?

필사 습관을 만들려는 목적에 따라 다르다. 어휘력이 빈약해서 고민이라면 문학 작품을 읽고 필사해도 좋다. 우리 고전이나 세계문학에서는 평소 자주 접하지 않은 문어체의 단어를 만날 수 있다. 작가를 믿고 가보아도 좋다. 나는 박완서, 신형철, 신영복, 홍인혜 작가의 책에서 참빗으로 빗은 듯 잘고 고운 단어를 많이 주웠다.

나는 필사할 책을 따로 정해놓기보다 지금 읽고 있는 책에서 고르는 편이다. 기대하고 읽었는데 막상 필사할 만한 구절을 찾지 못하는 책도 있다. 반대로 중고서점에서 헐값에 데려온 책인데, 퍼도 퍼도 마르지 않는 영감의 우물이 되기도 한다. 읽어봐야 나에게 필요한 책인지 아닌지 안다. 운이 좋게 좋은 책을 만났다면 인연이라 생각하고 필사한다.

읽기 불편한 번역 투의 문장도 필사해본다. 글로 쓰면서 어디가 불편한지 느껴보기 위해서다. 나라면 어떻게 고칠지도 고민해본다. 번역 투에 익숙해지면(이게 좋은 건지는 잘 모르겠지만) 번역서를 읽을 때 덜 불편해진다. '내성'이 생기는 의외의 효과다.

편식보다는 골고루 먹는 게 건강에 이롭듯 글쓰기 능력을 향상하고 싶다면 다양한 분야의 책을 필사하는 걸 권한다. 내가 모르던 전문 어휘를 만나는 기회가 된다. 철학책을 읽으면 생소한 철학 용어나 개념이 자주 등장하는데, 문맥에 따라 뜻을 유추해 보기도 한다. 생소한 단어는 따로 찾아보고 공부도 한다. 어휘력, 문해력, 지식까지 모두 챙기는 셈이다.

필사 습관을 꼭 문체를 가꾸는 용으로 한정할 필요는 없다. 작가의 정신을 닮기 위해, 지적 탐구의 기록, 글씨체를 교정할 목적이어도 좋다. 내 머리로 들어온 '작가의 생각'이 손끝으로 나가는 동안, 그게 무엇이든 흔적을 남긴다.

나만의 필사 도구 갖추기

처음 필사할 때는 도구를 따지지 않았다. 집에 쓰다 만 노트가 있길래 앞부분을 찢어버리고 거기에 필사했다. 볼펜도 어디선가 얻어 온 것으로 썼다. 행위가 중요하지, 도구에 무슨 의미가 있나 싶었다. 그러다 지인에게 선물 받은 '고퀄'의 노트를 써보고는 생각이 달라졌다. 필감이 살아났고, 필사를 지속하고 싶은 마음이 살아났다.

필사를 떠올렸을 때 기분이 좋아야 한다. 귀찮은 게 아니라 설레어야 한다. 이때 도구가 제법 역할을 한다. 연필로도 볼펜으로도 써봤는데, 만년필만큼 오감을 충족하는 필기구가 없다. 글자를 쓸 때 사각사각 소리가 가려운 곳을 긁는 듯 시원한 쾌감을 준다. 연필처럼 손가락에 힘이 너무 많이 들어가거나 볼펜처럼 잉크가 흘러나오지도 않는다. 날카롭게 깎져 있는 촉때문에 펜을 잡는 방향에 따라 글자 모양이 다르게 나온다. 그래서 균일한 필체를 갖기까지는 적응 기간이 필요하다.

필사용 필기구를 고를 때 고려할 사항은 다음과 같다. 손목이나 손가락에 들어가는 힘이 피로감을 좌우한다. 그래서 엄지와 검지 사이에 느껴지는 두께감, 지면에 닿을 때의 필기감이 중요하다. 적당한지는 직접 쓰면서 느껴봐야 한다. 사각거리는 청각적 만족감 그리고 모양이나 색깔이 취향에 맞는지도 살핀다.

노트는 종이 두께를 신경 쓴다. 뒷면에 글씨가 비치지 않고 번짐이 없어야 한다. 표면이 너무 매끄럽거나 거칠지 않아야 손에 힘이 덜 든다. 무지 노트는 자유로움을 주지만 필체가 아직 안정되지 않았다면 선이 있는 노트가 정갈하게 쓰기에 더 좋다. 글을 쓸 때 불편하지 않도록 좌우로 잘 펼쳐지는지도 확인한다. 가격도 따져봐야 한다. 너무 비싸면 부담스러워서 꾸준히 사용하기 힘들다.

참고로 내가 4년째 쓰는 필사 노트는 플랜커스 제품이고, 라미 사파리 만년필(EF촉)을 쓴다.

필사 루틴을 만드는 시간과 장소

새로운 습관이 온전히 몸에 배려면 66일 동안 똑같은 행동을 반복해야 한다는 말이 있다(누구는 21일이라고도 한다). 실제로 해보면 66일 동안 지속하기가 결코 쉽지 않다. 스스로 '자동화 시스템'을 만들어야 성공 가능성이 높아진다.

우선, 필사하는 시간대를 정한다. 자신의 바이오리듬이나 필사 목적에 맞게 정하면 된다. 올빼미형 인간인 나는 밤에, 침대에 눕기 전 거실에서 엎드려 쓰는 것을 좋아한다. 하루를 차분하게 정돈하는 느낌이 들어 뿌듯하다. 엎드려서 쓰면 왠지 천진한 어린아이가 된 기분도 든다. 아침형 인간이라면 '모닝필사'가 좋겠다. 책을 좀 읽고 바로 노트를 펼쳐 필사한다. 시간이 빠듯하면 어젯밤에 읽은 책에서 필사 문장을 뽑아서 하면 된다. 하루 중 언제가 가장 여유 있고 집중력이 높아지는지 점검해보자.

매일 하려면 부담스럽지 않아야 한다. 필사 시간은 5분, 길어도 10분을 넘지 않는 게 좋다. 양치질 한 번 할 때 30분이 걸린다면 매일 할 수 있을까? 일부러 시간을 빼야 하고 그것을 떠올렸을 때 한숨부터 나온다면 필사는 즐거운 습관이 아니라 마지못해 하는 숙제일 뿐이다. 하루 한 단락을 곱씹는 것으로도 충분하다.

여럿이 함께하기를 추천한다. 주변에 필사를 함께 할 사람을 모아본다. 인원은 5명에서 15명 사이가 적당하다. 너무 많아도 혼란스럽다. 없다면 본인의 블로그에 모집 글을 올리면 된다. 요즘은 온라인에 모임이나 동호회 플랫폼들이 많으니 이를 활용하는 방법도 있다. 마감 시간을 정하고 각자 필사를 한 후 스마트폰으로 사진을 찍어서 그룹채팅방이나 밴드에 매일 인증하면 된다. 혼자하면 아무래도 소홀해지기 쉽지만 여럿이 함께하면 다르다. 규칙을 어기면 안 된다는 생각에 더욱 마감을 지키려고 노력하게 된다.

모임에서는 모두가 같은 문장을 필사 해도 좋다. 똑같은 글귀를 두고 서로 다른 생각을 품는 것이 신기하고 재미있다. 시야가 넓어지고 공감 능력도 키워진다. 반대로 각자 다른 문장을 필사 해도 좋다. 타인의 문장에 호기심이 생겨 관심에 없던 책을 읽어볼 마음이 든다. 취향을 넓히는 계기가 된다.

나는 필사한 내용을 사진으로 찍어서 올리는 #필사스타그램 계정도 운영한다. 나만의 해시태그를 만들어서 필사 사진을 올려놓으면 나중에 특정 문장을 다시 찾아보기도 쉽다.

아무래도 필사 노트가 여러 권 쌓이면, 필요한 문장을 찾을 때 어디에 있는지 뒤적거리는 시간이 길어진다. 온라인 기록을 병행하면 그런 점이 보완된다.

필사한 책의 제목이나 작가 이름 등 해시태그를 달면 관심사가 같은 사람끼리 팔로우로 연결되기도 한다. 그러면 좋은 문장을 소개한다는 책임감이 생긴다. 마치 문장 큐레이터가 된 기분이다. 또 좋아요와 댓글로 공감해주는 사람들 반응에 신이 난다. 재미를 느끼는 것만큼 효과적인 동기부여 방법을 나는 알지 못한다.

이제, 과감히 문을 열고 필사의 세계로 들어가자. 30문장을 뽑았다. 한 달 분량이다. 이 책으로 두 번만 반복해서 필사한다면 앞서 얘기한 습관 만들기에 필요한 66일에 닿을 수 있다. 딱 두 번만 완독하고 필사해보자. 인생 최고의 습관이 만들어질지 모른다.

1장

흔들리지 않는
글쓰기 루틴을 만드는 법

"쓰는 게 뭐 대단한 것 같지? 그건 웬만큼 뻔뻔한 인간이면 다 할 수 있어. 뻔뻔한 것들이 세상에 잔뜩 내놓은 허섭스레기들 사이에서 길을 찾고 진짜 읽을 만한 걸 찾아내는 게 더 어려운거야."

- 정세랑, 『시선으로부터』 p.166

1. 일단 뻔뻔해지자

정세랑의 소설 『시선으로부터』를 읽다가 오늘의 필사 문장을 만났다. 가슴이 뜨끔했다. '아니, 작가의 일급비밀을 이렇게 세상에 누설하면 어쩌자는 건가!' 마치 나쁜 일을 하다가 들킨 사람처럼 두근두근했다. '혹시 내가 세상으로 내뱉은 글과 책이 허섭스레기면 어떻게 하지?' 불안이 몰려왔다.

소설 내용은 예술가 심시선 씨의 기일 10주년을 맞이해 후손들이 하와이에서 제사를 지내는 이야기이다. 심시선의 며느리인 난정은 독서광이다. 심시선은 그녀에게 '살아생전 읽는 사람은 결국 쓰게 된다'며 책 쓰기를 권한다. 난정의 딸 우윤까지 엄마에게 책을 써보라고 하자, 난정은 오늘의 필사 문장으로 답을 한다.

소개한 문장이 소설 내용을 좌우하거나 큰 비중을 차지하는 것은 아니지만, 쓰는 사람이라면 누구나 헛기침 한 번 하게 되는 문장이다. 혹시 난정의 입을 빌린 정세랑 작가의 생각은 아닐까?

사실은 대단하지 않은 글쓰기, 뻔뻔하기만 하면 누구나 쓸 수 있는 게 글이라며 과감하게 판도라의 상자를 열어버린 내부고발자의 말은 뜨끔하지만 통쾌하다. 글쓰기의 엄숙함을 무너뜨린 것 같아서. 쏟아지는 책 무더기 속에서 반짝이는 한 권을 발견하는 게 더 어렵다는 말에도 공감이 간다. 비슷해 보이는 원석들 사이에서 진짜 보석을 가려내는 안목은 저절로 키워지지 않으니 말이다.

글쓰기 모임에서 만나는 사람들은 저마다 어려움을 안고 있다. 그중에서도 글쓰기, 나아가 책 쓰기를 유독 무겁게 여기는 분들이 있다. 가만히 들어보면 책을 꾸준히 읽어온 분들이다. 좋은 책을 읽어온 경험의 누적이 보는 '눈'을 높게 만들고 스스로에게 엄격한 잣대를 들이댄다. 그래서일까, 오히려 독서량이 적은 분들이 글쓰기에 들이는 뜸은 짧다.

글이 안 써진다고 하면, 글쓰기 선생들은 '너무 잘 쓰려는 마음을 버려라' '부담을 내려놓고 시작하라'라고 조언한다. 머리로는 알지만 쓰다 보면 자꾸 욕심이 난다. 그럴 땐 서랍

속에 넣어둔 가면을 꺼내 쓰면 어떨까? 얼굴에 가면을 착용하는 순간, 아무도 나를 알아볼 수 없고 나는 뻔뻔해진다.

첫 번째 글쓰기 책『나도 한 문장 잘 쓰면 바랄 게 없겠네』를 집필할 때는 수시로 가면을 꺼내 썼다. 지금은 글쓰기 책을 세 권이나 냈고 강의 경험도 쌓여 '글쓰기를 알리고 가르치는 사람'이라는 정체성에 익숙하지만 당시에는 그렇지 못했다. 방송작가로 글을 쓴 경력이 10년이 넘었어도 내 글을 조율하는 일이지 남의 글에 관여하는 일은 아니었다. 메인작가로 후배 작가의 글을 첨삭해주기도 했지만 어디까지나 팀 안에서의 업무였다.

출판사의 편집자가 '글쓰기 책'을 제안했을 때, 얼떨떨하면서 설레었다. 출간 계약서에 사인을 하면 새로운 인생이 펼쳐질 것 같았다. 하지만 설렘은 오래가지 못했다. 본격적으로 글쓰기를 시작하자 '자격'에 대한 의심이 들었다.

'명색이 글쓰기를 알려주는 책인데 정작 내 글이 훌륭하지 못하면 어쩌지?' '과연 내가 글은 이렇게 써야 한다, 말을 할 자격이 있는 사람인가?' '기성작가님들이 내 책을 보고 비웃지 않을까?' '어이 글밥, 뭐 돼? 우리 출간 작가의 세계는 아무나 넘볼 수 있는 곳이 아니라고'.

어디선가 나를 꾸짖는 소리가 들리는 듯했다. 점점 부풀어 오르는 망상에 짓눌려 글이 더 나아가지 않았다. '지금이라도 편집자에게 못 쓰겠다고 이야기할까, 더 좋은 작가를 찾아서 소개해 드려야 하나.'

불안과 의심이 올라올 때마다 뻔뻔함의 가면을 고쳐 쓰고 주문을 외웠다. '글쓰기를 대하는 내 생각은 누구와도 같을 수 없어. 남들과 다른 나만의 철학이 있는 거야' '나보다 지식이 많을 순 있어도, 나처럼 쉽게 가르쳐주는 사람은 없을걸' '공감하느냐 비판하느냐는 독자 몫이지, 내가 앞서 판단할 일이 아니야'.

쓰는 사람이니 다만 쓸 뿐이다. 일어나지도 않은 일로 미리 두려워할 필요는 없다. 설사 남들이 내 글을 갖고서 이러쿵저러쿵 한다 해도 어쩌랴. 내 손 밖의 일 아닌가. 글을 쓸 때는 좀 뻔뻔해도 괜찮다. 다만 뻔뻔함에는 내 글에 책임을 지겠다는 전제가 필요하다. 그것은 수없이 반복하는 퇴고로 해결해야 한다.

『시선으로부터』의 난정은 허섭스레기들을 생산하는 뻔뻔한 작가들을 조소했다. 하지만 쓰는 사람에게서 뻔뻔함이 완전히 거세된다면 '진짜 읽을 만한 것'은 세상에 나오지도 못했을 거라고, 그녀에게 일러주고 싶다.

글을 쓸 때 자꾸만 작아지는 당신이 기억해야 할 오늘의 필사 문장

쓰는 게 뭐 대단한 것 같지? 그건 웬만큼 뻔뻔한 인간이면 다할 수 있어. 뻔뻔한 것들이 세상에 잔뜩 내놓은 허섭스레기들 사이에서 길을 찾고 진짜 읽을 만한 걸 찾아내는 게 더 어려운거야.

– '뻔뻔함의 가면'을 착용하며 외울 당신의 주문도 함께 써보자.

연필은 내 밥벌이의 도구다.

글자는 나의 실핏줄이다.

연필을 쥐고 글을 쓸 때

나는 내 연필이 구석기 사내의 주먹도끼,

대장장이의 망치, 뱃사공의 노를

닮기를 바란다.

지우개 가루가 책상 위에

눈처럼 쌓이면

내 하루는 다 지나갔다.

밤에는 글을 쓰지 말자.

밤에는 밤을 맞자.

- 김훈, 『연필로 쓰기』, p.11

2. 나만의 글쓰기 도구와 규칙을 만들자

책 출간을 한두 달 앞두면 편집자와 이메일을 주고받는 일이 잦아진다. 이런저런 수정 사항이나 마케팅 일정 등을 논의하는데 이메일 말미에 'p.s.'나 '추신'을 덧붙이며 사담을 나눌 때가 있다. 문득 이 행위가 이상하다는 생각이 들었다.

손글씨로 편지를 쓸 때는 미처 하지 못한 말이 뒤늦게 떠오르면, 지금까지 쓴 걸 모조리 지우고 다시 써야 한다. 하지만 키보드로 쓰는 전자 우편이라면 원하는 위치에 커서를 옮겨 다시 쓰면 그만이다. 논리적으로 따지면 이메일에 추신은 불필요하다. 어쩌면 추신은 아날로그에 익숙한 세대만 사용하는 도구나 습관 아닐까? 혹은 아날로그를 경험한 사람들끼리 통하는 시그널일까?

요즘 세대는 PC를 하다가도 긴 글을 써야 하는 상황이 되면 스마트폰을 꺼낸다는 이야기를 듣고 어리둥절했던 적이 있다(긴 글일수록 컴퓨터 키보드를 흥겹게 두드려야 하지 않나?). 나는 카톡 대화가 길어지면 오히려 스마트폰을 내려놓는다. 조그만 키를 통통한 엄지손가락으로 빠르게 눌러야 하니 오타도 많고 손목도 뻐근하다(눈이 침침하다는 것까지는 슬프니까 넣어두자). 그럴 때면 컴퓨터 전원을 눌러 PC 버전의 카카오톡에 접속한 후 키보드를 친다. 거의 실시간으로 머릿속에 떠오르는 생각이 글자로 변환된다.

그런데 이런 생각은 지극히 '84년생 김선영'의 입장이다. 태어났을 때부터 세상에 스마트폰이 존재했으며, 서너 살이면 유튜브로 영상을 보는 것이 익숙한 이들에게는 엄지손가락 두 개로 글을 쓰는 일이 훨씬 자연스럽고 편하다. 내가 그들을 이해하기 힘들 듯, 그들 또한 여덟 손가락이 보이지 않을 정도로 자판을 두드리는 내 모습을 아슬아슬한 곡예처럼 신기하게 볼지도 모르겠다.

글을 쓸 때 아직도 원고지에 연필로 꾹꾹 눌러쓴다는 김훈 작가의 세계를 어렴풋이나마 이해한다. 나는 학창 시절 필기할 때 펜을 잡았다. 대학에서도 리포트를 쓸 때는 PC 앞에 앉았지만, 수업 시간에는 스프링 노트에 펜 색깔을 바꿔가며 교수님 말씀을 받아 적었다(요즘은 아이패드를 많이 쓴다고

'들었다'). 그런데 말 그대로 받아 적은 것이지, 내 생각을 손글씨로 진득하니 써본 것은 아니었다.

글을 쓴다는 것은 머릿속에서 길어 올린 생각을 몸 밖으로 내보내는 행위다. 누군가는 엄지손가락으로 쓴다. 또 누군가는 엄지를 제외한 여덟 손가락으로 쓴다. 또 누군가는 엄지와 검지를 어깨동무하듯 감싸서 쓴다. 간혹 발가락이나 입으로 쓰는 사람도 있다. 쓰는 방식에 따라 움직이는 근육이 다르다. 글자가 구현되는 과정이나 속도에서도 차이가 난다. 그것이 저마다의 사고방식이나 표현법에도 영향을 미치지 않을까. 손으로 쓰게 되면 글자를 구현하는 과정이 아무래도 느려질 수밖에 없다. 그러면 생각하는 속도도 느려지고 신중해질까. 아니면 생각이 정리된 후에야 비로소 글로 옮겨지는 걸까. 연필 쓰기도 숙달되면 생각 속도와 쓰는 속도가 거의 같아질 것이다.

도구는 각자에게 가장 익숙하고 자연스러운 방식을 택하는 것이 좋다. 김훈 작가에게는 연필이 밥처럼 가장 익숙하다. 그래서 연필이 밥벌이 도구가 되었다. 연필, 얼마나 저렴하고 가벼우며 간편한가. 이토록 가성비 좋은 생산 장비가 또 어디 있을까. (백만 원이 넘는 나의 노트북은 장빗값이나 하고 있는지 모르겠다.)

주먹도끼와 망치, 뱃사람의 노는 그야말로 목적에 충실한 도구다. 연필도 그렇다. 오로지 '그 일'을 하기 위해 존재하는 도구다. 반면 나의 도구(노트북)는 글자만 찍어내지 않는다. 자료도 찾고, 음악도 듣고, 영상도 보며, 심지어는 멀리 떨어져 있는 사람과 대화도 한다. 그러니 기특하지만 산만할 수밖에. 그렇다고 연필로 쓰자고 하면 나는 아무것도 쓰지 못할 것 같다. 자음과 모음 키 보다 더 자주 누르는 백스페이스 키가 없다니! 게다가 퇴고는 어떻게 할 셈인가. 문단을 통째로 드래그해 앞으로 옮겼다 뒤로 옮겼다, 그야말로 난리블루스를 추며 글을 쓰는 나다.

키보드와 워드 프로그램으로 대표되는 디지털 도구가 없다면 내가 작가라는 직업에 발가락이나 담글 수 있었을까. 이제야 선배들이 말한 지우개 가루가 눈처럼 쌓인다는 말의 의미가 와 닿는다.

김훈 작가의 글에 내 상황을 대입해보면 이런 문장이 나온다.

노트북은 내 밥벌이의 도구다.

글자는 나의 잔주름이다.

키보드를 두드리며 글을 쓸 때

나는 내 노트북이 인공지능 시대의 챗GPT를 닮기를 바란다.

과자 부스러기가 책상 위에 눈처럼 쌓이면

내 하루는 다 지나갔다.

주말에는 글을 쓰지 말자.

주말에는 불토를 맞자.

자고로 글쟁이란 부스스한 민낯으로 빈 속에 커피를 부으며, 충혈된 눈으로 밤을 새워 글을 써야만 할 것 같다. 그런데 '밤에는 밤을 맞자'고 하니 얼마나 반가운가. 글이 아무리 중해도 밤에는 밤을 맞으라는 김훈 작가의 전언은 위로가 된다. 과학적으로도 설득력이 있다. 하루 동안 뇌에 저장된 단기 기억이 장기 기억 저장소로 넘어가려면, 성인은 7시간 이상 충분히 자야 한다. 잠을 줄여 흐리멍덩한 상태로 좋은 글을 뽑아내기는 힘들다.

여기에 내 의견을 한 가지 더 보태자면, 주말에는 글을 쓰지 말고 놀자. 글 쓰는 사람에게는 노는 것도 일이다. 매일 똑같은 하루를 겪고, 똑같은 음식을 먹고, 똑같은 사람을 만나면서 새로운 글을 쓰기 바라는 것은 변의도 없는데 변기에 앉아 힘을 주는 것과 똑같다. 안 해본 경험을 하며 자주 놀아봐야 전에 없던 글이 나온다.

추신. 어젯밤에는 푹 주무셨나요? 이번 주말에 뭐 하고 놀지 생각해봅시다.

나만의 글쓰기 도구를 만들고 싶은
오늘의 필사 문장

연필은 내 밥벌이의 도구다.

글자는 나의 실핏줄이다.

연필을 쥐고 글을 쓸 때

나는 내 연필이 구석기 사내의 주먹도끼,

대장장이의 망치, 뱃사공의 노를

닮기를 바란다.

지우개 가루가 책상 위에

눈처럼 쌓이면

내 하루는 다 지나갔다.

밤에는 글을 쓰지 말자.

밤에는 밤을 맞자.

– 글쓰기를 지탱하는 나의 도구와 규칙에 무엇이 있나? 없다면 이

참에 만들어 보자.

아아, 인간은 서로를 전혀 모릅니다. 완전히 잘못 알고 있으면서도 둘도 없는 친구라고 평생 믿고 지내다가 그 사실을 알아차리지 못한 채 상대방이 죽으면 울면서 조사(弔詞) 따위를 읽는 건 아닐까요.

- 다자이 오사무, 『인간 실격』 p.91

3. 내 글을 책임지는 법

소설 『인간실격』의 주인공 요조의 말(오늘의 필사 문장)은 허울뿐인 인간관계를 통렬하게 드러낸다. 죽을 때까지 서로를 오해하는 관계라니, 상상만으로도 낯뜨겁고 씁쓸하기까지 하다.

겁쟁이 요조는 주변 사람들의 비위를 맞추기 위해 매일 자신이 아닌 모습을 연기하며 살아가는 인물이다. 작가는 이를 '서비스 정신'을 발휘하여 익살을 부린다고 표현했다. 친구 호리키는 요조의 속도 모른 채 '처세술을 잘한다'라고 말했는데, 그런 친구(요조를 음지 생활로 이끈 호리키를 친구라 부를 수 있을지 의문이지만)를 요조는 속으로 비웃으며 오늘의 필사 문장을 남겼다.

만약 서로 '완전히 잘못 알고 있다'는 것도 모른 채 진실한 우정이라 믿으며 죽은 친구의 조사를 읽는 사람이 실제로 존재한다면 그는 무슨 죄일까? 오해하게 만든 데에는 요조에게도 책임이 있다. 상대를 실망시키지 않으려는 여린 심성만

탓하는 것은 아니다. 시대적인 불운, 악인들과의 관계 등이 『인간 실격』의 요조를 탄생시켰다.

나는 매 순간 눈치를 보며 사는 요조가 답답하면서도 가엾게 느껴졌다. 그렇지만 언제까지 '아아 인간은 서로를 모릅니다' 하면서 징징거리고 있을 텐가. 진실한 관계를 맺고 지켜내는 일은 누가 대신해주지 않는다. 물론 내가 최선을 다해도 섭섭한 결과가 나올 때도 있다. 인간관계는 상호작용이며 운도 중요하니까. 열악한 환경에 둘러싸여 있는데, 혼자서만 올곧게 살아가기란 쉽지 않다. 그럼에도, 내 인생은 결국 내 책임이다. 내 글이 내 책임인 것처럼.

죽은 친구를 위해 조사를 읽을 만큼 애틋한 관계에서도 오해는 존재한다. 하물며 처음 읽는 글에서 작가의 의도를 정확하게 파악하는 것은 쉽지 않다.

글쓰기 합평을 할 때 "저는 그런 의도로 쓴 게 아니라…" 이런 말이 자주 오가는 연유도 이 때문이다. 작가의 의도가 독자의 머릿속으로 안전하게 옮겨지면 참 좋으련만, 뒤집히거나 훼손되어 도착할 때도 있다.

오해를 줄이려면 타깃을 좁혀야 한다. 불특정한 대중에게 말하는 것이 아니라 구체적인 대상을 상정하고 말한다. 대상(읽는 사람)의 연령대나 배경 지식을 고려해야 한다. 그들에게 익숙한 언어로 서술하면 오해의 여지가 줄고 이해하기도 쉽다.

나는 퓨전 음식을 좋아하지 않는다. 모두를 만족하게 하려는 의도는 음식 고유의 풍미를 떨어뜨린다. 한국식으로 순화된 똠양꿍을 먹을 바에야 김치찌개를 먹는 게 낫다. 야채 호떡을 사 먹느니 군만두를 먹는 게 낫다는 생각이다. (내가 맛본 최악의 퓨전 음식은 호기심에 시켜본 '김피탕'이었다. 무려 김치와 피자와 탕수육을 합친 요리다.) 모두를 만족시키려는 욕심은 결국 한 사람도 만족시키지 못한다.

오해를 줄이는 또 다른 방법은 철저하게 어휘를 고르는 일이다. 글은 단어의 조합이다. 단어와 단어가 만나 문장을 이루고 문장과 문장이 만나 단락을 이룬다. 단락이 모여 한 편의 글이 되고 글이 모여 책이 된다. 이 단순한 연결 관계를 거슬러 올라가면 결국 어휘력이란 꼭짓점에 도달한다.

퇴고할 때는 국어사전을 곁에 두는 것이 기본이다. 맥락에 맞는 단어를 고르고 또 고른다. 유의어를 샅샅이 찾아보고, '세탁'과 '세척' 중 어떤 단어가 문맥에 더 매끄러운지 고민한다. 고치지 않아도 뜻은 통하겠지만, 문장에는 '조금이라도' 꼭 맞게 조여지는 단어가 있기 마련이다. 한 번이라도 더 확인하고 고치면 내 의도에 한 걸음 더 가까워진다. 기본을 실천하면 엉뚱한 곳에서 힘을 빼지 않아도 된다.

지금은 가수보다 프로듀서로 익숙한 싸이의 인터뷰 기사를 읽고 집요한 퇴고(?)의 힘을 느낀 적이 있다. '공감을 얻지 못하는 메시지는 넋두리'라며 그는 8집 타이틀곡인 〈뉴페이스〉를 무려 46번 수정했다고 말했다. 〈강남 스타일〉로 요약되는 그의 성공이 단순히 운이 좋아서가 아님을 알았다.

회사 다닐 때 일이 떠오른다. 출근 시간은 오전 10시였는데, 보통은 다들 10분 전에 사무실에 도착했다. 출입문에서 출근 기록 지문을 찍고 휴게실에서 커피를 내려 자리에 앉으면 얼추 10시가 된다. 하루는 커피를 들고 내 자리로 향하는데 누가 밀치듯 들어왔다. 허겁지겁 출입문에 지문을 찍는 그는 동갑내기인 김 대리였다. 시계를 보니 9시 59분이었다.

"와, 어떻게 하루도 빠짐없이 9시 59분에 딱 맞춰서 출근

해요?"하고 묻는 내게 그는 이렇게 답했다. "음, 그게... 1분도 회사에 더 있기 싫어서요." 단호한 발언에 공감이 가면서도 웃음이 터졌다. 처음에는 '얼마나 일하기 싫으면 저럴까' 하는 생각에 안쓰럽기도 했다. 하지만 시간이 지나고 보니 존경심마저 들었다. 그렇게 회사가 싫어도 지각 한 번 하지 않는 사람이라니. 어떻게 보면 책임감이 강한 것 아닌가. 자신이 맡은 영상은 어떻게든 재미있게 살려보려고 고심했고, 마감 기한도 꼭 지켰다. 남의 눈치를 보지 않고 실속 있게 시간을 쓰는 그가 다르게 보였다. 어른의 책임이었다.

'어른'의 사전적 정의는 '다 자라서 자기 일에 책임질 수 있는 사람'이다. 글을 쓰는 사람이 지녀야 할 덕목으로 책임감을 꼽는다. 글이 좋으면 내가 열심히 쓴 덕분이고, 별로라는 평을 들으면 그 또한 나의 부족함 탓이다. 나의 '심오한 의도'를 몰라준다며 독자를 탓하면 글은 발전하기 힘들다. 글은 비교적 정직한 결과를 낳는 생산 활동이다.

소설 『인간 실격』으로 다시 돌아가 보자. 소설 속 요조는 인간관계 속에서 힘들어하다가 결국 자멸했다. 하지만 적어도 글로써는 책임을 다했다. 작품이 나온 지 70년이 지난 지금까지도 독자들에게 사랑받는 작품을 남겼으니까. 요조를 다자이 오사무로 본다면 말이다.

내 글을 책임지겠다고 결심하게 되는
오늘의 필사 문장

아아, 인간은 서로를 전혀 모릅니다. 완전히 잘못 알고 있으면서도 둘도 없는 친구라고 평생 믿고 지내다가 그 사실을 알아차리지 못한 채 상대방이 죽으면 울면서 조사(弔詞) 따위를 읽는 건 아닐까요.

- 구체적인 타깃 정하기, 철저하게 어휘 고르기, 마감 지키기. 내 글에 책임을 지려면 또 무엇이 필요할까?

보행은 가없이 넓은 도서관이다. 매번 길 위에 놓인 평범한 사물들의 이야기를 들려주는 도서관, 스쳐 지나가는 장소들의 기억을 매개하는 도서관인 동시에 표지판, 폐허, 기념물 등이 베풀어주는 집단적 기억을 간직하는 도서관이다. 이렇게 볼 때 걷는 것은 여러 가지 풍경들과 말들 속을 통과하는 것이다.

- 다비드 르 브르통, 『걷기 예찬』, p. 91

4. 산책만 해도 글이 나온다

창밖 하늘빛이 칙칙하고 구름이 무거워 금방이라도 비가 쏟아질 거 같다. '나갈까, 말까'를 5분 정도 고민하다가 결국 패딩 점퍼를 걸친다. 오늘은 매일 가는 오산천 대신 아파트 뒷산 코스를 택한다. 산의 가장자리를 살짝 끼고 도는 완만한 산책로는 단화로도 가뿐하다. 어제도 걸었고 오늘도 걷는다. 특별한 일이 없다면 내일도 걸을 것이다. 아무리 바빠도 매일 산책하기를 잊지 않는다.

나는 작가라는 본업 외에도 글쓰기 코치라는 부 캐릭터로 활동하고 있다. 부캐의 슬로건은 '아무리 바빠도 매일 글쓰기'이다. 올림픽 경기를 앞둔 국가대표 선수처럼 단 하루도 빼놓지 않는 꾸준함을 가져야 한다는 의미다. 그럼에도 수식어 '아무리 바빠도'의 단호함은 조금 서글프다.

나뿐만이 아니라 많은 사람이 시간에 쫓기듯 산다. 모두가 자기가 하는 일에서만큼은 국가대표다. 누구에게나 공평한 24시간을 더 가치 있는 일에 쓰는 데 집중한다. 때로는 그것을 위해 포기하는 어떤 것이 생길지라도.

방송작가로 일하던 시절, 그중에서도 일정이 급박하게 돌아가는 아침 방송을 제작하던 때였다. 가장 먼저 포기한 것은 정상적인 식사와 식후 산책이었다. 정상적인 식사란 영양소를 골고루 갖춘 음식을 식탁 앞에 앉아서 여유롭게 즐기는 행위를 뜻한다. 한시바삐 아이템을 잡고 출연자를 섭외해야 하는데 이동 시간이 5분밖에 걸리지 않는다 해도 식당에 가는 것은 사치였다. 이때는 책상에 앉아 노트북을 노려보며 김밥이나 햄버거 따위를 우걱우걱 씹어먹었다. 먹는다기보다는 생존 연장을 위해 연료를 주입했다고 할까.

마감으로 밤을 새울 때는 조미료가 듬뿍 들어간 중국 음식을 자주 배달해 먹었다. 새빨간 짬뽕 국물을 들이켜고 나면 속이 부대끼고 졸음이 폭우처럼 쏟아졌다. 선선한 밤 공기라도 마시며 산책하고 싶은 마음이 간절했지만 촌각이라도 아껴야 할 판이었다. 벤티 사이즈 아이스 아메리카노는 어느새 바닥을 보였고 에너지도 방전되어 빨간 불이 깜빡였다.

방송 날을 며칠 앞두고 갑작스레 아이템이 엎어져 공황 상태에 빠진 동료 작가 B의 모습이 기억난다. 점심을 먹으러

가자고 하니 신용카드를 내밀며 말했다. "김밥 한 줄만 사다 줄래." 말을 하면서도 시선은 여전히 모니터에 고정되어 있었다. 다음 날도, 그다음 날도 기억상실증에 걸린 사람처럼 나에게 똑같은 주문을 했다. 2주 동안 책상 앞에서 꼼짝없이 김밥을 먹는 그녀에게 '올드보이'냐며 놀렸지만 다음은 내 차례가 아닐까 등골이 오싹했다. 노동의 굴레에 갇혀 산책은커녕 두 발로 걷는 방법조차 잊어가던 우리가 가장 많이 내뱉었던 말은 '다시 태어나야 해' '이번 생은 틀린 듯, 너라도 꼭 살아남아'같은 자조 섞인 체념이었다.

예전에는 몰랐지만 이제는 안다. 긴급한 일과 중요한 일, 이 중 긴급한 일만 하다 보면 중요한 일은 우선순위에서 밀려 영원히 못 하게 된다는 것. 긴급하지 않지만 중요한 일 중 하나가 독서와 운동이다. 당장 안 한다고 해서 티가 나거나, 어떤 손해가 있는 것은 아니다. 책을 안 읽었다고 해서 방송이 펑크 나거나 직장에서 잘리지도 않는다. 마찬가지로 일주일 동안 운동을 안 했다고 죽을병에 걸리지도 않는다. 그런데 일주일은 한 달, 한 달은 어느새 일 년, 그러다 평생 급한 불만

끄는 소방수가 된다. 후회할 때쯤이면 되돌리기에는 너무 늦다.

글이 나오려면 생각의 화학 작용이 필요하다. 그 촉매제가 바로 책이다. 밀가루가 부풀어 빵이 되려면 이스트가 필요하듯, 내 생각이 부푸는 데에는 책(남의 생각)이 있어야 한다. 산책은 이를 반죽하고 숙성하는 역할을 한다. 걸을 때 엉켜있던 생각이 하나하나 풀리며 정리가 된다. '아하, 그런 거였군!' 오랫동안 물음표로 남았던 의문이 느낌표로 바뀌기도 한다. 산책은 건강을 위해서도 필요하지만, 글쓰기에도 꼭 필요하다.

오늘의 필사 문장에 따르면, 산책은 글쓰기 촉매제일 뿐만 아니라 그 자체도 글의 재료가 될 수 있다. 걷기는 '가없이 넓은 도서관'이라고 했으니 말이다. 긴급하지 않지만 중요한 일, 산책은 두 발만 준비하면 되는 간편한 운동이다. 육체에 갇혀 옴짝달싹 못 하는 정신을 잠시나마 해방시켜 준다.

같이 한 번 걸어보자. 두 발을 교차하며 땅을 밀어낸다. 눈앞의 풍경이 한 걸음씩 뒤로 밀려난다. 내 몸은 앞으로 나아가며 내 안에 매몰되었던 시선은 세계로 확장된다. 한 걸음 뒤의 나는 한 걸음 앞의 나로 대체된다. 그렇게 수백 번, 수천 겹씩 새 옷으로 갈아입는다. 마음이 점점 가벼워지고 하고 싶은 이야기가 샘물처럼 차오른다.

매일 같은 길을 산책해도 지루하지 않다. 서점 매대에 펼쳐진 신간 제목을 둘러보듯 새로운 자극과 정보가 나를 달뜨게 한다. 아파트 밖으로 나왔을 때 느껴지는 온도와 공기의 촉촉한 정도, 선명해진 나뭇잎, 어제보다 벌어진 장미 꽃망울, 한 층 더 올라간 주택 공사 현장, 악을 쓰며 놀이터를 뛰어다니는 조무래기들, 파라솔 벤치에 옹기종기 둘러앉은 젊은 엄마들. 하루도 같은 풍경이 없다.

풍경은 글쓰기의 재료가 되며 미처 부풀지 못한 생각을 발효시킨다. 글은 엉덩이로 쓰는 게 맞지만 짓무를 때까지 앉아만 있어서는 안 된다. 글을 쓰다 보면 꽉 막혀서 오도 가도 못하는 날이 있다. 그럴 때는 얼른 운동화를 신고 밖으로 나가자.

산책이 글쓰기에 반드시 필요한 이유를 알려주는 오늘의 필사 문장

보행은 가없이 넓은 도서관이다. 매번 길 위에 놓인 평범한 사물들의 이야기를 들려주는 도서관, 스쳐 지나가는 장소들의 기억을 매개하는 도서관인 동시에 표지판, 폐허, 기념물 등이 베풀어주는 집단적 기억을 간직하는 도서관이다. 이렇게 볼 때 걷는 것은 여러 가지 풍경들과 말들 속을 통과하는 것이다.

– 산책을 하며 주변을 관찰해보자. 마주치는 사물들 하나하나가 다 책이고 영감의 원천이다.

이 글을 쓰면서 적어도 열두 번은 글쓰기를 중단했어요. 한 번은 생선장수한테서 생선을 사려고, 또 한 번은 출판업자를 만나려고, 그 다음에는 아이를 돌보려고 글쓰기를 멈췄죠. 그러고는 저녁식사로 차우더 수프를 끓이려고 부엌에 들어갔어요. 지금은 단단히 마음을 먹고 다시 글을 쓰고 있죠. 그런 결심 덕분에 항상 글을 쓸 수 있어요. 이건 마치 물결을 거슬러 올라가는 것 같죠.

메이슨 커리, 『예술하는 습관』 p.232

5. 중요한 건 꺾이지 않는 마음

'중요한 건 꺾이지 않는 마음.' 2022년 유행어를 하나 꼽자면 이것 아닐까. 카타르 월드컵 포르투갈과의 조별 예선 경기에서 우리나라가 거의 가망이 없던 확률을 뚫고 16강 진출에 성공을 거두는 장면은 지금도 생생하다. 선수들 손에 들린 태극기에 적혀 있던 문구, '중꺾마'에 국민 모두가 뭉클했다. 나는 20년 전 '꿈은 이루어진다'라는 주술적 소망보다 주체적인 의지를 보여주는 이번 문구가 훨씬 더 마음에 든다.

오늘의 필사 문장을 살펴보자. 『톰 아저씨의 오두막』을 쓴 미국의 작가이자 노예 해방론자인 해리엇 비처 스토가 올케에게 보내는 편지 문구다. 스토는 편지 몇 자를 적는데 집안일로 열두 번이나 쓰다 말다 했다고 한다. 편지가 그러한데 책을 쓰는 동안에는 얼마나 많은 방해물과 싸웠을까.

육아를 하지 않고 세탁기, 건조기, 식기 세척기와 로봇 청소기의 도움까지 받는 지금의 나도 집안일을 제쳐두고 글만 썼다가는 집안이 금세 너저분해진다. 하물며 어린아이를 키우는 엄마가 글을 쓴다는 것은 포르투갈을 꺾고 16강에 오르는 것처럼 기적 같은 일인지도 모른다. 그럼에도 기적을 행하는 분들이 내 주변에 있다.

어린 쌍둥이를 키우는 워킹맘. 대학에서는 문예 창작을 전공한 문학소녀였다. 그녀는 주 6일 출근했다. 블로그에 취미 삼아 글을 올리던 중 나와 인연을 맺게 된 건 3년 전, 글쓰기 모임에서였다. 당시 나는 하루도 빠지지 않고 글을 쓰는 '독한' 훈련을 진행 중이었다.

그녀는 우리 모임에서 언제나 '신데렐라'였다. 글쓰기 마감 시간인 자정을 몇 분 남겨두고 허겁지겁 글모임 채팅방에 블로그 글을 인증했다. "오늘도 제가 마지막이네요. 겨우 제출합니다"라고 말하고는 부끄러워했다. 그런데 몇 달 후 나는 그녀의 별명을 '부지런한 이장님'으로 바꿔 불러야 했다. 겨울 어스름도 걷히기 전 새벽 5시가 되면 첫 글이 올라오는데, 어김없이 그녀였다.

"아이 등원시키고 회사 갔다가 퇴근해서 집안일을 끝내면 밤 10시가 넘어요. 글 쓸 힘이 남아있지 않아요. 방법은 하나밖에 없더라고요."

고심 끝에 새벽 4시 30분 기상을 결심했다고 한다. 적응하는 열흘 동안은 몸살을 앓고 입술이 다 부르텄다고 했다. 그러면서도 그녀는 글쓰기를 포기하지 않았다.

언제나 아침 기상이 힘든 나는 3년 전, '미라클 모닝'(새벽 기상)을 함께하자며 그룹채팅방을 만들었다. 그리고 글벗들을 끌어들였다(쌍둥이 워킹맘도 함께했다). 새벽에 일어나는 순서대로 채팅방에 인사를 남기고 공지 사항 게시글에 기상 시간을 각자 댓글로 남기며 인증하는 방식이었다. 혼자는 힘들어도 함께라면 어떻게든 하게 되니까.

두어 달은 열 명이 넘는 벗들이 새벽에 일어나 성실하게 각자의 기상 시간을 댓글로 인증했다. 석 달이 넘어가자 점점 포기하는 사람이 생기기 시작했다. 누군가는 아예 방을 나갔고, 누군가는 기상 인증은 하지 않았지만 채팅방에 남아 있었다. 부끄럽게도 나도 중도 포기자였다.

어느덧 2년이 흘렀다. 이제 방에서 새벽 기상을 인증하는 사람은 쌍둥이워킹맘과 M님, 둘뿐이었다. 그러다가 M님은 개인사로 채팅방을 나가게 됐다. 두 분의 대화가 사라지니 간간이 안부를 주고받던 그룹채팅방은 침묵에 잠겼다. 눈팅

족들도 거의 방을 빠져나가고 나를 포함해서 네 사람만 남았다. 미라클 모닝은 모두의 기억에서 사라진 듯 했다.

문득 최근에 그 방이 떠올랐다. 오랫동안 사용하지 않은 채팅방이니 삭제하려고 들어갔다가 깜짝 놀라고 말았다. 아무도 읽지 않는 공지 사항 글에 쌍둥이 워킹맘의 댓글이 빼곡히 달려있는 것이었다. 6개월 넘게 혼자서 기상 인증을 실천하고 있었다. 오늘 새벽에도 글쓰기를 사수하려고 아무도 대화하지 않는 카톡방에서 공지 사항 글을 의지처 삼아 기상 인증을 했다. 마치 자신과의 약속도 약속이라는 듯.

자신만을 위한 마땅한 작업실이 없던 그녀는 주방 식탁 의자 중 하나를 글쓰기 전용석으로 지정하고 글쓰기에 매진하고 있었다. 전용석 애칭은 '초록 지붕', 빨강 머리 앤이 살던 집 지붕에서 영감을 얻었다고 했다. 지금도 매일 새벽 초록 지붕에 앉아 빨강 머리 앤처럼 천진난만한 상상력이 담긴 글을 쓰고 있다.

엄마, 아내, 딸, 며느리, 김 과장... 한 사람 앞에 놓인 수많은 역할이 때로는 버겁다. 모든 걸 놓아버리고 싶을 때도 있다. 모든 역할을 완벽하게 해내기란 불가능하다는 사실부터 받아들이는 게 좋다. 더 소중한 것이 무엇인지 고민하고 그것을 지키려 애써야 한다.

역할에 파묻혀서 점점 소멸하는 '나'를 지상 위로 끌어올리는 일로 누군가는 글쓰기를 선택한다. 혼자가 아닌 여럿이 함께하며 매일 인증을 하고, 글쓰기 전용 의자에 앉는다. '꺾이지 않는 시스템'은 세상이 나를 꺾지 않게 도와준다. 해리엇 비처 스토는 그 어떤 방해물에도 '꺾이지 않는 마음'을 고수했고 노예제 폐지에 불씨를 지핀 위대한 소설(『톰 아저씨의 오두막』)을 완성했다. 그리고 마침내 '꿈은 이루어졌다'.

아무도 활동하지 않는 그룹채팅방이지만 누가 보는 것인 양 새벽 기상 인증을 하고 글을 썼던 그녀. 그녀의 꿈이 무엇이든 또다시 꿈은 이루어지리라.

글쓰기 훼방꾼으로부터 나를 지키는
오늘의 필사 문장

이 글을 쓰면서 적어도 열두 번은 글쓰기를 중단했어요. 한 번은 생선장수한테서 생선을 사려고, 또 한 번은 출판업자를 만나려고, 그 다음에는 아이를 돌보려고 글쓰기를 멈췄죠. 그러고는 저녁식사로 차우더 수프를 끓이려고 부엌에 들어갔어요. 지금은 단단히 마음을 먹고 다시 글을 쓰고 있죠. 그런 결심 덕분에 항상 글을 쓸 수 있어요. 이건 마치 물결을 거슬러 올라가는 것 같죠.

- 나의 글쓰기 방해물은 무엇일까? 방해물에 꺾이지 않으려면 무엇을 포기하고 무엇을 선택해야 할까? 어떤 시스템을 만들면 좋을까?

사람들은 그저 눈으로 책을 읽는다고 한다. 그러나 책과 사람의 마음이 만나는 통로가 어찌 눈뿐이겠는가? 나는 책속에서 소리를 듣는다. 머나먼 북쪽 변방의 매서운 겨울 바람 소리, 먼 옛날 가을 귀뚜라미 소리가 책에서 들린다. (p.50)

틈나는 대로 유득공은 아이들에게 옛이야기를 들려주었다. 역사는 책장 속에 고이 모셔져 있기보다는, 팔딱팔딱 뛰는 아이들의 가슴 속에 자리해야 한다고 그는 여기었다. (p.246)

- 안소영, 『책만 보는 바보』

6. 책에 대해 자주 말하자

집 앞을 걷다가 청소년 문해력 교육 강사를 모집한다는 현수막이 눈에 들어왔다. 당시 성인 대상의 문해력 책을 집필하는 중이었다. 청소년과의 수업은 어떨지 궁금했다. 나중을 생각해 '커리어를 넓혀두면 좋지 않을까'하는 다소 이기적인 마음으로 지원했다.

두 달간 강사 교육을 받았다. 그리고 내가 맡은 일은 초등학교 방과 후 교실에서 아이들에게 그림책을 읽어주는 수업이었다. 두 가지 면에서 당혹스러웠다. 첫 번째는 내가 생각했던 청소년은 중고등학생이었다는 것, 두 번째는 그림책 자체가 나에게 생소했다. 어린아이를 상대하는 일이 조금은 낯설고 두려웠다. 초등학생 조카가 둘이나 있지만 귀여워하는 것과 가르치는 일은 다를 테니까. 게다가 아는 그림책이라고는 까마득한 옛날에 읽었던 『신데렐라』『백설 공주』 정도가 전부였다.

하지만 수업 준비를 하면서 그림책의 매력에 눈을 뜨기

시작했다. 요즘 그림책에서는 공주도 수동적인 인물이 아니었다. 외모지상주의 왕자를 뻥 차버리고 비혼을 택했다. 엄마에게만 집안일을 모두 맡긴 아빠와 아들은 돼지로 변해버리기도 했다. 건강한 주제 의식과 개성 넘치는 삽화를 보며 그림책은 어른에게도 꼭 필요한 책이구나, 했다.

드디어 첫 수업. 삼십여 년 만에 들어가 본 초등학교 교실은 아늑하면서도 생경했다. 마치 소인국에 입장한 기분이었다. 이토록 조그만 책상과 의자에 앉는 사람이라니! 아이들은 호기심 가득한 눈으로 나를 바라보았다. 나도 모르게 침을 꼴깍 삼켰다. 태연한 척 그림책을 뒤집어 제목을 숨기고 물었다.

"오늘 문해력 첫 수업, 그림책 제목 아는 사람 있어요?"

"다다다 다른 별 학교요!"

첫 그림책 『다다다 다른 별 학교』는 서로 다른 행성에서 온 친구들이 자기를 소개하는 내용이었다. 땅꼬마는 '작아도 별'에서, 호기심이 많은 친구는 '물음표 별'에서 울보쟁이는 '눈물나 별'에서, 뚱뚱보는 '아맛나 별'에서 왔다. 서로의 개성을 존중해주자는 의미가 있어 아이들과의 첫 만남에 제격인 책이었다.

나는 쑥스러움을 물리치고 각 별에서 온 인물의 특성을 살려 낭독을 시작했다.

"땅꼬마인 나는 작아도 별에서 왔어. 작아도 별에서는 모두모두 작아서 아주아주 작은 것도 다 친구야!"

땅꼬마는 조그만 목소리로, 장난꾸러기는 익살스러운 목소리로, 울보쟁이는 훌쩍이는 시늉을 했다. 뚱뚱보는 탐욕스러운 말투로 그림책을 읽었다. 아이들이 눈을 반짝였다.

"선생님! 저는 아맛나 별에 가고 싶어요. 햄버거랑 치킨을 마음껏 먹을 수 있으니까요."

"선생님, 숨바꼭질별에는 투명 인간이 사나 봐요."

"바보야 투명 인간이 이 세상에 어딨냐!"

아이들의 훈수와 반응이 재미있었다. 미처 발견하지 못한 조그만 그림의 의미까지 아이들은 발견했다.

즐겁게 책 내용을 떠들다 예상치 못한 문제가 발생했다. 독서 활동지를 작성할 차례였는데 몇몇 아이들이 연필을 내려놓고 꼼짝을 하지 않는 것이었다. 왜 그러느냐고 이유를 물었다. 알고 보니 아직 한글에 서툰 아이들이 있었다. 저학

년이다 보니 자신이 하고 싶은 말을 글로 표현하는 걸 어려워했다. 간단한 단어는 자음과 모음을 불러주며 적게 하고 글로 쓰기 힘든 부분은 그림을 그려서 표현해보라고 했다. 그것도 어렵다면 나에게 직접 생각을 들려달라고 했다.

이런 수업 방식이 올바른 것인지 조금 혼란스러웠다. 문해력은 글을 이해하고 생각을 다시 글로 표현하는 능력인데, 글을 쓰는 대신 그림이나 말로 해결하는 것이 맞을까 의문이 들었다. 다행히 회차를 거듭할수록 우려는 가라앉았다. 그림책에 호감을 갖고 즐거워하는 아이들 마음이 느껴졌다. 문해력 키우기의 시작은 뭐니뭐니해도 책과 가까워지는 것이니까.

달팽이가 주인공인 책에서는 달팽이를 직접 키워본 적이 있는 아이가 주인공이 됐다. 달팽이가 상추를 먹으면 초록색 똥을, 당근을 먹으면 붉은 똥을 눈다며 목소리가 커졌다. 그림책 『뭔가 특별한 아저씨』를 읽을 때는 주인공 다정 아저씨처럼 머리를 길러 가발 기부를 해본 아이가 주인공이 되었다.

아이들과 나눈 열두 권의 그림책은 그동안 읽었던 어떤 책보다도 나에게 그윽한 잔향을 남겼다. 오늘의 필사 문장의 안소영 작가의 말이 맞았다.

책은 책장 속에 고이 모실 것이 아니라 자꾸만 말로 꺼내 보아야 한다. 입술로 소리 내어 책에 대해 말하면, 책을 말하는 사람도 듣는 사람도 내용에 더 잘 몰입하고 오래 기억한다. 책이 삶 속으로 뚜벅뚜벅 걸어 들어온다. 삶으로 들어온 책은 나를 구성하는 생각 세포가 되어 결국에는 글로 표현된다.

글을 잘 쓰려면 많이 읽고(多讀), 많이 쓰고(多作), 많이 생각해야 한다(多商量)는 송나라 구양수의 말은 너무나 유명하다. 여기에 많이 말하기까지 보태어 본다(多讀話).

독서는 작가와 독자 한 사람의 1:1 밀회이다. 독자의 경험과 배경지식에 따라 만남의 내용과 깊이가 달라진다. 똑같은 책이라도 읽는 사람에 따라 애틋한 사이로 발전하기도 하고, 이전 애인만 못하다며 내팽개쳐지기도 한다. 그 책을 왜 좋아하는 걸까? 내가 발견하지 못한 매력이 뭘까? 생각의 차이는 호기심을 불러일으킨다.

함께 책을 말하자. 책을 놓고 대화를 나누면 사색의 공간은 넓어지고 서로를 이해하려는 노력은 깊어진다. 공감할 줄

아는 사람만이 공감 가는 글을 쓴다.

입으로도 책을 즐길 수 있다는 사실을 알려주는
오늘의 필사 문장

사람들은 그저 눈으로 책을 읽는다고 한다. 그러나 책과 사람의 마음이 만나는 통로가 어찌 눈뿐이겠는가? 나는 책속에서 소리를 듣는다. 머나먼 북쪽 변방의 매서운 겨울 바람 소리, 먼 옛날 가을 귀뚜라미 소리가 책에서 들린다.

틈나는 대로 유득공은 아이들에게 옛이야기를 들려주었다. 역사는 책장 속에 고이 모셔져 있기보다는, 팔딱팔딱 뛰는 아이들의 가슴 속에 자리해야 한다고 그는 여기었다.

– 최근 읽은 책 중 가장 기억에 남는 문장을 찾아서 친구들에게 소개하고 함께 이야기 나누어 보자.

충분히 좋음은 안주한다는 뜻이 아니다. 자기변명도 아니다. 충분히 좋음은 자기 앞에 나타난 모든 것에 깊이 감사하는 태도를 의미한다. 완벽함도 좋음의 적이지만 좋음도 충분히 좋음의 적이다. 충분히 오랜 시간 동안 충분히 좋음의 신념을 따르면 놀라운 일이 생긴다. 마치 뱀이 허물을 벗듯 '충분히'가 떨어져 나가고, 그저 좋음만이 남는다.

- 에릭 와이너, 『소크라테스 익스프레스』 p.213

7. 완벽한 글은 세상에 없다

"나도 책 한 번 써볼까?"

6년 차 편집자 H가 검은 뿔테 안경을 고쳐 쓰며 말했다. 편집 일도 매력적이지만 자신의 이야기를 세상 밖으로 꺼내 보고 싶다고 했다. 그의 고백이 반가웠다.

SNS에 올린 짧은 글만 봐도 그의 필력은 빠지는 편이 아니었다. 글쓰기 플랫폼 브런치(지금은 '브런치스토리'로 이름을 바꿨다)에 꾸준히 글을 올리다 첫 책을 낸 내 이야기를 들려주며 그에게 응원을 보냈다. H는 작가 발굴을 위해 수시로 들락거린 브런치를 직접 활용하는 건 생각 못 했다며, 작가 신청부터 하겠다고 말했다.

두 달쯤 흘렀을까, H와 점심을 먹는 자리였다. "글은 잘 쓰고 있어?" 나의 물음에 우선 목차부터 정리하고 있다고 했다. 역시 편집자다웠다. 책으로 내려면 기획을 잡고 목차부터 꾸려야 산으로 가는 흐름을 막을 수 있다. 앞으로 펼쳐질 H의 이야기가 더욱 기대되었다.

그로부터 석 달, 육 개월이 흘렀다. 글은 올라오지 않았다. 카톡을 나누던 중 생각이나 물었다.

"글은 쓰고 있어? 브런치에서 아직 못 본 거 같아서."

"아, 몇 꼭지 쓰긴 했는데 막상 올리려니 부끄럽네. 퇴고도 더 해야 할 거 같고."

3년이 지난 지금도 나는 H의 글을 만나지 못했다. 이해가 안 되는 바는 아니다. 편집자로 일하면서 내로라하는 글쟁이들의 글을 수없이 읽었을 테니, 그의 기준이 얼마나 높겠는가. 자신의 글이 초라하게 느껴졌을지도 모른다. 하지만 H의 글은 충분히 매력적이고 그냥 묻히기에는 아까웠다. 자신에게 지나치게 엄격하다는 아쉬움이 들었다.

행복의 관건은 만족의 역치에 있다. 남들이 어떻게 생각하든, 사회적 통념이 어떻든 '이 정도면 충분하다' 스스로 느끼는 기준. 그 비밀을 깨달았을 때, 더 자주 행복한 사람이 된다.

나는 신형 스마트폰이 출시될 때마다 폰을 바꾸는 사람을 이해하기 힘들었다. '작동이 잘 되는데 왜 굳이 바꾸지? 지금도 충분히 좋은데.' 물론, 새로운 스마트폰을 써보면 마음이 달라질 수도 있다. '진작 바꿀걸!'하며 불만 없이 쓰던 구형 스마트폰이 '충분히' 좋았던 건 아니었구나, 라고 느낄지도 모른다. 그런데 내가 충분히 좋다고 믿은 것이, 사실은 완벽하지 않고 충분하지 않았다는 것을 깨닫는 일은 과연 좋기만 한 일일까?

에릭 와이너의 말장난 같은 필사 문장을 여러 번 곱씹어본다. 오랜 시간 충분히 좋음을 누리면 '충분히'가 떨어져 나간다는 말. 익숙해지면 충분히 좋았던 기억을 잊어버린다는 뜻이다. 혹은 충분히 좋았던 것도 시간이 지나면 무감각해지기 쉽다고 주의를 주는 말이다.

글쓰기 근육이 붙을 때까지는 분량이나 완성도에 너무 집착할 필요없다. 짧아도 괜찮으니 되도록 매일 훈련하듯 글을 쓰는 게 좋다. 일주일에 한 번 세 시간 운동하는 것보다 매일 30분씩 운동하는 것이 몸에 더 이로운 것처럼.

글쓰기가 몸에 익어 첫 문장을 쓸 때의 저항감이 낮아질 때까지, 글 쓰는 나의 모습이 익숙해질 때까지 거르지 않고 쓰기를 추천한다. 단, 매일의 습관으로 들이려면 전제가 있어야 한다. '충분히 좋음'의 자세 견지다.

매일 쓰는 글은 날씨와 같다. 구름 한 점 없이 맑아 기분까지 산뜻한 날이 있는가 하면, 흐리고 습도마저 높아 온몸이 땅속으로 빨려들어 갈 것 같은 날도 있다. 글쓰기 신이라도 접신한 양 술술 써지는 날이 있는가 하면, 어처구니가 없을 정도로 엉망진창인 날도 있다.

날씨가 흐리다고 구시렁거릴지언정 오늘 하루를 포기하지는 않는다. 우중충한 하늘에서 비가 쏟아지면 '오늘은 커피가 더 맛있네'라며 긍정적인 부분을 찾는다. 기온이 너무 높아 숨이 턱턱 막힐 때면 발걸음 속도를 줄여 느긋하게 걷는다. 때로는 글이 마음에 차지 않아도 '오늘은 이것으로 충분해'라며 만족한다.

완벽해야 한다는 강박을 내려놓아야 기꺼이 쓸 수 있다. 글이 안 나오는 이유는 너무 잘 쓰고 싶은 욕심 때문이다. 남들의 평가를 지나치게 신경 쓰는 자의식 과잉 때문이다. 써 보면 안다. 서운할 정도로 남들은 내 글에 관심이 없다. 남의 시선이 두려울 정도로 관심을 받고 있다면 오히려 쓰는 사람에게는 축복과 같은 일이다.

애초에 완벽한 글이 가능할까. 헤밍웨이라고, 하루키라고 본인의 글이 완벽하다며 만족했을까. 글은 완성되는 것이지 완벽함에 이르는 것은 아니다. 마지막 순간까지 최선을 다할 뿐이다. '완벽한 글'은 '완벽한 사람'처럼 실재하지 않는다.

오랫동안 글과 친하게 지내려면 관대함과 엄격함의 밀고 당기기를 잘해야 한다. 더 나은 단어와 표현을 찾는 집착은 질기고 엄격해야 한다. 하지만 탈고를 마친 글에는 관대함도 필요하다. 마침내 놓아 주어야 하는 글까지 인상을 찌푸리며 도끼눈을 뜨고 볼 필요는 없다.

'오늘 내 글은 이런 모습이구나, 이 정도면 괜찮아, 충분해.' 다정한 눈길로 바라보자. 미련을 버려야 좋은 사람을 다시 만나듯, 글도 그러하다.

내 글을 보고 "충분히 좋아!"라고 말하고 싶어지는 오늘의 필사 문장

충분히 좋음은 안주한다는 뜻이 아니다. 자기변명도 아니다. 충분히 좋음은 자기 앞에 나타난 모든 것에 깊이 감사하는 태도를 의미한다. 완벽함도 좋음의 적이지만 좋음도 충분히 좋음의 적이다. 충분히 오랜 시간 동안 충분히 좋음의 신념을 따르면 놀라운 일이 생긴다. 마치 뱀이 허물을 벗듯 '충분히'가 떨어져 나가고, 그저 좋음만이 남는다.

- 오늘 쓴 글이 마음에 들지 않아도 "지금도 충분히 좋아"라고 세 번 말해보자. 내일의 용기는 오늘의 긍정에서 비롯된다.

글 쓰는 에너지를 회복하는 가장 효과적인 방법은 글 쓰는 것. 몸의 감각이 쓰기 모드로 활성화되고 도움닫기를 할 수 있는 밑 원고가 다져진다. 모터가 돌아가고 원고가 불어나 있으면 그 불어난 힘이 글의 소용돌이로 나를 데려간다.

- 은유, 『쓰기의 말들』 p.35

8. 글 쓰는 에너지를 회복하는 법

나탈리 골드버그의 문장 "우리가 힘을 얻는 곳은 언제나 글 쓰는 행위 자체에 있다"를 두고, 은유 작가가 동의하며 쓴 글귀가 오늘의 필사 문장이다.

수년간 온라인 글쓰기 모임을 하면서 나에게는 함께 글을 쓰는 동지들이 많다. 글을 보며 어떻게 사는지 서로의 소식도 알게 되고 안부를 묻기도 한다. 그러다 하루건너 올리던 누군가의 글이 보이지 않으면 괜스레 조바심이 나기도 한다. 그때는 조심스럽게 댓글이나 쪽지로 무슨 일이 있는지 묻는다. 그러면 십중팔구 '글태기'(글쓰기+권태기)에 빠졌다는 답이 돌아온다.

누군가는 '작가의 벽'에 가로막혔다 하고, 또 누군가는 운동선수의 슬럼프처럼 '글럼프'가 찾아온 것 같다며 멋쩍어한다. 누가 뭐라 하는 것도 아닌데, 글쓰기를 중단하면 압박감과 죄책감을 느낀다. 강제성 없이 글을 계속해서 쓰는 것 자체가 오히려 신비로운 일인데 말이다.

나에게도 글태기가 있다면, 휴가를 즐기고 돌아왔을 때다. 그동안 너무 퍼 올리기만 했다며 충전할 시간을 갖고자 떠난다. 정말 아무것도 쓰지 않겠다고 다짐하며 실제로 그렇게 보내고 돌아온다. 그런데, 정말 아무것도 쓰지 않고 한 열흘 동안 머리를 비우고 다시 돌아오면 글이 잘 써질까? 오히려 어디서부터 어떻게 시작해야 할지 막막하기만 했다. 제 발로 걸어본 적이 없는 어린아이가 된 것처럼 '왼발을 먼저 내밀어야 하나? 오른발이 먼저였던가?' 당황스러워하며 쩔쩔맨다.

글을 쓰려면 어떻게든 엉덩이를 의자에 붙이고 앉아야 한다. 글쓰기 전 과정을 통틀어 가장 힘든 일이라는 것을 글 좀 써본 사람이라면 이미 알고 있다. 아늑한 이불 속에서 빠져나와야 하고, 재미있는 영상을 끊임없이 추천하는 스마트폰도 뿌리쳐야 한다. 모든 걸 물리치고 책상 앞에 앉아 '쓰기 모드'에 시동을 걸어야 서서히 예열되며 글쓰기 엔진이 돌아간다.

초보 운전 시절, 남편이 운전하는 모습을 보면서 의아한 점이 있었다. 남편은 앞차와의 거리가 가까워지면 웬만해서는 브레이크를 밟지 않고 차로를 바꾸는 선택을 했다. 반면 나는 앞차가 속도를 줄이면 굳이 차로를 변경하지 않고 속도를 줄여 꽁무니를 쫓아가곤 했다. 3차로로 달리다가 앞서 달리던 버스가 정류장에서 멈춰 서면 나도 같이 멈췄다. 버스 문이 열리고 승객이 모두 탑승하고 다시 출발할 때까지, 마치 버스와 한몸인 것처럼 버스 뒤에서 잠자코 기다렸다. 초보라 차로 변경에 익숙하지 않은 탓도 있었지만, 딱히 급할 이유도 없었다(남편은 그럴 거면 차를 왜 타느냐고 하지만).

설명을 듣고 보니 그의 운전 방식에는 나름 합리적인 이유가 있었다. 브레이크를 밟아 속력을 줄였다 다시 속력을 높이려면 많은 에너지가 필요하다. 그만큼 기름 소비를 더 한다는 뜻으로 가다 서다를 반복하는 시내를 달릴 때보다 멈출 일 없는 고속도로에서의 연비가 더 좋은 이유였다. 뉴턴의 제1운동법칙이다.

현 상태를 계속해서 유지하려는 관성의 법칙은 글쓰기에도 적용된다. 글을 쓰고 있으면 계속 써진다. 하지만 한 번 멈추면 다시 시동을 걸고 예열하고 출발하는 데 꽤 많은 에너지가 필요하다.

글을 쓰게 하는 힘은 글을 쓰는 행위에서 나온다. 은유 작가의 말처럼 어느 정도 불어난 원고는 쓰기를 밀고 나가는 원동력을 갖고 있다. 엉망이고 말고를 신경 쓰지 않고 초고를 거침없이 써야 하는 까닭이다.

헤밍웨이는 자신의 초고를 걸레나 쓰레기에 비유했다. 하물며 내 초고가 보송보송한 호텔 수건일 리 없다. 첫 문장은 언제나 형편없고 초고는 폐기물 수준이다. 하지만 걸레든 쓰레기든 잘 펼쳐서 다시 살피면 살려낼 구석이 보인다. 빈손의 나와 걸레 짝이라도 들고 있는 나는 든든함부터 다르다.

'글태기'는 정지 상태의 바퀴다. 바퀴를 굴리는 방법은 기름이 굳기 전에 재빨리 시동을 거는 수밖에 없다. 그런 다음 지그시 오른발로 가속 페달을 밟는다. 점점 속도가 붙어 뻥 뚫린 고속도로를 질주한다. 글쓰기 아우토반이다. 쓰는 고통은 완성의 희열로 피날레를 장식한다.

"어떻게 하면 지치지 않고 꾸준하게 글을 써요?" 누군가 묻는다면 아무리 바빠도 매일 쓰는 게 정답이라고 말한다.

한 달 동안 매일 쓰는 글쓰기 모임을 운영한 적 있다. 민족

대명절인 설이나 추석 연휴에도 예외는 없었다. 보통 스무명 정도 인원이 함께하는데, 30일 동안 매일 글을 쓰지 못하는 사람은 한 두명이 나올까 말까 했다.

'함께'의 힘도 있지만 '매일 쓰는' 힘도 무시 못한다. 글쓰기 권태를 극복하고 계속 쓰는 힘을 얻고 싶다면 글쓰기 모임을 추천한다. 마감 그리고 함께하는 사람, 두 바퀴가 당신의 멈춰있는 차를 굴릴 테니까.

아무리 바빠도 매일 써야 하는 이유를 알려주는
오늘의 필사 문장

글 쓰는 에너지를 회복하는 가장 효과적인 방법은 글 쓰는 것. 몸의 감각이 쓰기 모드로 활성화되고 도움닫기를 할 수 있는 밑 원고가 다져진다. 모터가 돌아가고 원고가 불어나 있으면 그 불어난 힘이 글의 소용돌이로 나를 데려간다.

– '글태기' 극복을 도와줄 글벗을 찾아보자. 글쓰기 모임을 '강추' 한다.

에고이스트가 아니면 글을 못 써. 글 쓰는 자는 모두 자기 얘기를 하고 싶어서 쓰는 거야. 자기 생각에 열을 내는 거지. 어쩌면 독재자하고 비슷해. 지독하게 에고를 견지하는 이유는, 그래야만 만인의 글이 되기 때문이라네. 남을 위해 에고이스트로 사는 거지.

- 김지수, 이어령, 『이어령의 마지막 수업』, p.30

9. 개인적이고 사소한 일을 써야 하는 이유

이어령 선생이 하늘의 별이 되기 전 남긴 선물, 『이어령의 마지막 수업』을 읽는 내내 황송했다. '이렇게 귀한 가르침을 단돈 만 오천 원에 받아도 되는 것일까'하는 죄송스러움 마저도 들었다. 투병 중인 선생과 꾸준히 인터뷰하고 정성을 기울여 정리한 김지수 기자에게 너무 고마웠다(이어령 선생은 2022년 2월 작고했다).

책은 한 마디로 '잘 살고 잘 죽는 것'을 논한다. 더없이 거시적인 주제인데도 가슴에 콕콕 와닿는 까닭이 궁금했다. 나는 그 힌트를 선생이 하신 말씀에서 발견했다. 선생은 '글 쓰는 독재자'라는 표현을 했다. 거칠지만 꼭 맞는 비유다. 상대방(독자)을 무시하고 제멋대로 행동한다는 것이 아니라, 지독하게 나에게 몰두했을 때 얻게 되는 의외의 효과.

아이러니하게도 '독재자'가 될수록 사랑받는다. 영화 《기생충》으로 아카데미 시상식에 오른 봉준호 감독이 마틴 스코세이지 감독의 말을 언급하며 했던 '가장 개인적인 것이 가장 창의적이다'라는 말도 같은 맥락 아닐까.

　사랑받는 이야기의 특징은 지극히 개인적이다. 인기를 얻는 OTT 드라마를 봐도 알 수 있다. 서울로 출퇴근하는 경기도민이라면 드라마《나의 해방일지》의 시청을 멈추기 힘들었을 텐데, CCTV를 돌려보듯 '내 이야기'가 나오기 때문이다.

　나는 30년 넘게 서울 토박이로 살다가 결혼하면서 경기 남부로 이사 왔다. 낯선 도시에서 살면서 가장 놀라웠던 건 버스나 지하철을 타러 나가기 전, 반드시 시간을 확인해야 한다는 점이었다. 서울에서는 차를 놓쳐도 5분이면 다음 차가 온다. 그러니 운행 시간표를 신경 쓰지 않았다. 하지만 새 보금자리에서는 한 번 차를 놓치면 야외 플랫폼에서 한 시간을 서서 기다려야 했다. 그런 날이 여름이라면 티셔츠가 땀으로 흥건히 젖고 화장이 녹아내렸다. 반대로 겨울이라면 황장군처럼(영화《은행나무 침대》의) 눈보라와 칼바람 속에서 이를 악물고 버텨야 했다. 아침마다 지하철을 놓칠세라 뛰었고 저녁 회식 도중에는 막차를 걱정했다. 1차만 마치고 일어나는 극중 인물은 하릴없는 내 모습 그대로였다.

《나의 해방일지》의 염기정(여자 주인공)이 남자에게 차이고 버스에서 오열하는 장면을 잊을 수 없다. 가수 박혜경의 애절한 목소리가 BGM으로 깔리고, 기정은 또르르 눈물을 떨군다. 여느 드라마 같으면 페이드아웃하면서 다른 장면으로 넘어갔을 터. 하지만 카메라는 버스 정류장에 내린 염기정을 계속 비춘다. 그리고 "아, 잘 울었다" 옷깃으로 눈물을 쓱 닦으며 혼잣말하는 기정은 개운한 얼굴로 길을 걷는다.

이 장면이 무척 현실적이라고 느꼈다. 으레 영화나 소설은 편집된 화면만 보여준다. 서사에 필요한 부분만 보여주고 찌질하고 비틀린 현실은 생략하기 쉽다. 하지만 드라마를 현실로 확장한 듯, 염기정만 아는 속사정을 시청자에게 보여주던 장면은 단순히 유머로만 보이지 않았다.

실제로 나도 이별 후 슬픔에 빠진 자신에 취하여 마치 즙을 짜듯 울었던 기억이 있다. 결국에는 감정을 추스르고 약간은 홀가분한 기분으로 어푸어푸 세수를 했지만 말이다(코를 팽! 하고 풀었음은 물론이다). 이것은 오로지 나만 아는 이야기다.

한 번은 필라테스를 하면서 겪었던 고충을 상세하게 브런치에 올린 적이 있다. 나름 꾸준히 운동을 해왔고 운동신경도 있다고 믿었다. 그런데 기대만큼 동작이 나오지 않고 강사로부터 부정적인 피드백을 연거푸 듣자니 속이 상했다. 답답한 마음에 털어놓은, 지독히 나에게만 몰두한 글이었다. 그런데 의외로 많은 독자가 공감 댓글을 달아주었다. 나와 비슷한 괴로움을 겪다가 상처받고 운동을 그만둔 사람도 꽤 있다는 걸 그때 처음으로 알게 되었다.

글을 쓰다 보면 '이런 것까지 글로 써도 되나' 싶을 만큼 개인적이라 고민에 빠질 때가 있다. 남에게 피해를 주는 내용이 아니라면 써도 된다고, 아니, 써야 한다고 믿는다. 그래야 하나마나 한 소리에서 빠져나올 수 있다.

선선한 어느 가을날, 중년 부인들이 미술관 앞에 있는 원형 테이블 앞에 둘러앉아 도시락을 먹고 있었다. 맨밥과 쌈장을 펼쳐놓고 상추쌈을 싸 먹는 모습이 마치 귀여운 초식동물처럼 보였다. 여러 가지로 해석이 가능한 그들의 이야기를 써야겠다고 생각했다. 나 혼자뿐이었지만 누구나 떠올릴 수 있는 장면. 나에게 어떤 영감을 주었는지 최대한 자세하게 풀어보려 한다. 그랬을 때 친절한 독재자가 되어 만인에게 사랑받는 글을 쓸 테니까.

나에게 몰두할 때 공감을 얻는 원리를 알려주는
오늘의 필사 문장

에고이스트가 아니면 글을 못써. 글 쓰는 자는 모두 자기 얘기를 하고 싶어서 쓰는 거야. 자기 생각에 열을 내는 거지. 어쩌면 독재자하고 비슷해. 지독하게 에고를 견지하는 이유는, 그래야만 만인의 글이 되기 때문이라네. 남을 위해 에고이스트로 사는 거지.

– 남들은 모르는 나만의 경험과 비밀, 글로 써보고 싶은 이야기가 있는가? 지금 펼쳐보자.

음식을 덮어 놓기도 하고 만두 속이나 제육을 거기에 싸서 누르기도 하고 약식이나 빵을 찔 때 깔고 찌기도 한다. 음식에 닿는 섬유는 베가 아니면 딱 질색이다.

그 정결하고 시원하고 성깔 있고 소박한 섬유가 그렇게 좋을 수가 없다.

- 박완서, 『모래알만 한 진실이라도』 p.158

10. 지금만 쓸 수 있는 글이 있다

세수를 마치고 거울 속 내 얼굴을 바라본다. 억지 미소를 지어본다. 이마, 눈가, 입가의 팔자 라인까지 온통 찌글찌글 잔주름이 물결친다. 잠깐 슬펐지만 다시 기운을 차린다.

'쓰는 사람'에게 나이 드는 일은 꼭 나쁘지만은 않다. 나이가 '스펙'이 되기도 한다. 물론, 어떠한 태도로 삶을 가꾸었느냐가 관건이겠지만 나이가 주는 깊이는 분명 있다.

내가 아무리 노력해도 닿을 수 없는 문장이 있다. 특히 연륜이 쌓인 작가가 쓴 글이 그러한데, 오늘의 필사 문장은 기필코 생물학적 나이가 익어야만 나오는 문장이다. 젊은 박완서도 쓰지 못하는 문장이란 뜻이다.

'성깔 있고 소박한 섬유'로 등장하는 '베'(삼베)의 속성을 이해하고 좋아하려면 나이의 하한선이란 게 존재하지 않을까. '성깔'이란 단어를 국어사전에서 찾아보자. '거친 성질을 부리는 버릇이나 태도 또는 그 성질'이라는 풀이가 나온다. 보통은 '성깔이 보통이 아니다'라는 식으로 사람의 성격을 부정적으로 표현할 때 쓴다. 박완서 작가는 베의 뻣뻣함을 성깔에 비유했다. 묘하게 공감이 간다. 베는 면과 달리 유연하지 않고 성격이 까다로운 사람이 쉽게 고집을 꺾지 않듯 잘 구겨지지 않는다. 타협하지 않는 완고한 자연의 성미는 음식을 다룰 때 오히려 매력이 된다. 오랫동안 물건을 써본 사람만이 아는 고상한 취향 아닐까.

박완서 작가의 글을 읽다 보면, 나도 나이가 들수록 지혜와 고상한 취향이 생기지 않을까 기대를 품게 된다. 아직은 많이 부족하고 설익은 나의 글도 오래된 장처럼 세월이 흐를수록 깊어질 거라는 기대감.

나에게도 베의 기억이 있긴 하다. 어릴 적, 엄마는 허약한 나를 위해 베를 사용했다. 삼베 천을 펼쳐 그 위에 한약재를 넣고 돌돌 만 다음, 드럼 스틱 같은 막대를 끼워 비틀었다. 새까만 액체가 뚝뚝 떨어지며 쓰고 달큰한 흙 향이 사방으로 번졌다. 한쪽 손으로 코를 쥔 채 흰 대접에 담긴 한약을 들이켜는 내 모습을 엄마는 끝까지 지켜보았다.

요즘에는 보기 힘든 장면이다. 예전에는 집에서 직접 정성 들여 한약을 달였다. 지금은 한의원에서 간편한 개별 파

우치로 한 번씩 먹을 만큼 포장해준다. 먹다 남은 음식을 덮어둘 때나 잘 빚은 만두를 찔 때 쓰던 삼베도 보기 힘들다. 대신 일회용 투명 랩을 툭 뜯어서 그릇 위를 덮어두거나 종이 호일을 깐다. 그러니 정갈하고 시원하고 성깔 있으며 소박한 베의 매력을 요즘 젊은 사람들이 알 턱이 없다.

(그럴 리 없겠지만) 젊다고 실망할 필요는 없다. 누구나 나이를 먹는다는 순리 때문만은 아니다. 나이가 어려서 쓰는 글은 또 그대로의 매력이 있다. 싸이월드가 다시 열리고, 마치 판도라의 상자를 열어보는 것처럼 스무 살 무렵 자신이 쓴 글을 읽어 본 사람이라면 무슨 뜻인지 이해한다.

그때의 글은 사진 속 촌스러운 메이크업을 한 내 모습처럼 풋풋하고 어색하다. 수치스럽고 흑역사라는 생각도 들지만, 지금 와서 그런 풋풋한 글을 쓰라고 하면 아무리 노력해도 못 쓴다. 이십 대 감성만이 표현 가능한 싱그러움이다.

다시 쓰지 못하는 글은 그 자체로 소중하다. 시대적 정서는 누린 사람만 아는 특권이다. 그때의 나는 내가 아닌 다른 사람처럼 생경하다. 그렇지만 거기서 비롯되어 지금의 내가 있다.

　여전히 나는 새로운 나를 생성하며 살고 있다. 어떻게 여기까지 왔을까 혼란스러울 때 내가 쓴 글은 답을 들려준다. 연륜을 증명하는 일종의 보증서 같다.

　그러니 지난날의 글을, 지난날의 나를 미워하지 말자. 우리는 지금도 계속 자라고 있다.

글이란 나의 역사를 기록하는 일임을 알려주는
오늘의 필사 문장

음식을 덮어 놓기도 하고 만두 속이나 제육을 거기에 싸서
누르기도 하고 약식이나 빵을 찔 때 깔고 찌기도 한다. 음식
에 닿는 섬유는 베가 아니면 딱 질색이다.

그 정결하고 시원하고 성깔 있고 소박한 섬유가 그렇게 좋을
수가 없다.

- 10년 전에 쓴 글을 찾아서 읽어보자. 그때와 지금 글이 어떻게
다른가? 10년 뒤에는 어떤 글을 쓰고 싶은가?

2장

더 다채롭게
표현하는 법

글이 착하면 재미가 없어요. 약간 싸가지 없고 톡톡 튀는 것
도 매력이 없지 않아요. 무엇보다 살기가 서려 있어야 해요.
당연히, 쓰는 사람 자신을 겨냥한 살기이지요.

- 이성복, 『무한화서』 p.87

11. 나의 흑역사 쓰기

좋은 글의 요건으로 '재미'를 꼽는다. 새로운 정보를 알려주거나 아름다운 표현으로 감동을 주는 글도 물론 좋다. 그렇지만 재미가 없으면 어쩐지 허전하다. 끝까지 읽어내기가 쉽지 않다. 재미란 배꼽을 간지럽히는 유머만을 뜻하지 않는다. 손목을 잡아 이야기 속으로 끌고 들어가는 흡인력, 뒤통수가 얼얼한 반전의 묘미, 혀끝에 남는 씁쓸한 여운, 코끝 찡한 슬픔도 재미의 일종이다.

나는 무료할 때, 재미가 필요할 때 브런치스토리 앱을 켠다. 어떤 글은 너무 재미있어 글쓴이의 다른 글까지 폭식하듯 읽게 한다. 또 어떤 글은 내용이나 문법은 딱히 흠잡을 데가 없는데, 무슨 이유에서인지 밍밍하다. 그럴 때면 금방 글을 닫기보다 몇 편 더 읽어본다. 소개팅 자리에 나온 남자가 마음에 들지 않지만, '나와 조금이라도 맞는 부분이 있지 않을까'하는 간절함 같은 마음에서다. 어차피 답은 '나와 맞지 않는다'로 정해져 있지만.

이런 느낌을 주는 글은 대개 '착하다'. '어제보다 나은 오늘' '아픈 만큼 성숙한다' '상처를 치유하는 글쓰기'처럼 제목만 읽어도 이미 내용을 다 아는 것 같은 착각이 든다.

올바른 가치와 선을 논하고 되새기는 일에 의미가 없다는 뜻은 아니다. 다만, 남들과 똑같은 형식으로 메시지만 외치는 글은 솔직히 하품이 나온다. 여행지에 갈 때 고속도로를 달리면 목적지에 일찍 도착은 하겠지만 과정의 재미는 생략된다. 시간이 조금 걸려도 구불구불한 지방도로를 달리면서 옥수수도 사 먹고 꽃 구경도 하는 게 여행의 재미 아닌가. 착하기만 한 글은 독자에게 감응을 남기지 못한다.

이성복 시인은 글에 '살기'가 서려 있어야 한다고 표현했다. '아무리 그래도 살기라니…'하고 놀랐는데, 우려를 잠재우듯 살기는 '쓰는 사람'을 향해야 한다고 말한다. 살기의 방아쇠가 자신을 향하면 재미로 작용한다. 하지만 타인을 향하면 '착한 글'보다 더한 부작용이 생긴다. 한마디로 '못난 글'이된다.

못난 글에는 '그래도 내가 너보다는 낫다'라는 얄팍한 위안이나, '나는 전혀 잘못이 없어'하는 피해 의식이 깔려있다. 가령, 씀씀이가 헤픈 누군가는 한심하고 매달 저축하는 자신은 현명하다고 글을 쓰는 것과 같다. 자신의 경제관이나 재테크 방법을 설득력 있게 풀면 될 터인데, 남의 소비를 질타하는 방향으로 글을 쓴다. 자신은 독서가 취미인데, 누군가는 드라마를 즐긴다고 소중한 시간을 허비한다는 식으로 비판한다. 특정인을 비방하는 투의 글은 읽는 사람에게 뒷담화처럼 들린다.

누군가에게 상처받은 이야기를 쓸 때도 신중해야 한다. 내 기준에서는 100% 상대의 잘못일지 몰라도 미처 살피지 못한 사연이 있는지도 모른다. 감정이 달아 내 입장에서만 남을 탓하는 글을 늘어놓으면, 쓸 때는 속이 후련할지 몰라도 곧 후회를 한다. 이런 글은 쓰는 사람도 찝찝하고, 읽은 사람도 기분이 처진다. 독자는 저격 당한 사람보다 글을 쓴 사람의 인격을 더 딱하게 여긴다.

꼭 쓰고 싶다면 상대방의 입장이 조금이라도 헤아려질 때 쓰는 게 좋다. 주제가 무르익기를 기다리는 것이다. 그러다 때가 되면 그 사람(사건)을 통해서 깨달은바, 새롭게 생긴 관점이 입을 벌린 밤송이처럼 주제가 되어 나타난다. 불평불만 나열이 아닌, 독자와 함께 사유할 만한 메시지로 발전한다.

살기의 방향을 나에게로 트는 글이란 나의 '흑역사'를 공개하는 일이다. 흑역사란 인생에서 지워버리고 싶을 만큼 창피한 기억을 말한다. 코끼리를 절대 생각하지 마세요, 라고 말하면 온통 머릿속에 코끼리로만 가득 차듯, '기억에서 사라졌으면 좋겠다'하는 일은 부끄러움의 강도가 세면 셀수록 머릿속에 깊이 각인된다.

'임금님 귀는 당나귀 귀'를 외치는 심정으로 나의 어리석음과 부끄러운 행동을 글로 써보자. 중요한 것은 자학이 아닌 능청스러움이다. 고해성사하는 죄인처럼 써서는 안 된다. "사실 나는 과거에 이러저러한 바보같은 행동을 했다. 지금 생각해도 부끄럽다." 이렇게 말하지 않고 정색하듯 말해야 한다. "어쩌면 그렇게 바보같은 행동을 하는 사람이 있는지. 그 한심한 인간이 거울 속에서 헤헤 웃고 있다."

창피하고 무거웠던 기억을 아무렇지 않게 풀어쓰면 마음이 한층 가벼워진다. 위로는 덤이다. 댓글을 읽으면서 생각보다 많은 사람이 나와 비슷한 경험을 했구나를 알게 된다. '휴, 나만 그런 게 아니구나' 하는 안도감, 타인과 연결되어 있다는 든든함, 그런 마음들이 우리를 읽고 쓰게 한다.

설령 댓글이나 좋아요 하나 없이, 독자가 공감해주지 않아도 나를 겨냥하는 글은 써볼 만하다. 키보드를 타닥타닥 두드리며 낱말을 조합하는 동안 나의 상처나 부끄러움이 꽤 아물기 때문이다. 당시의 나를 지금의 내가 다독여주는 셈이다. 아무도 나를 위로해주지 않는다면, 내가 나를 위로하면 된다.

어떤 글을 써야 할지 고민이 되는 날이면 밤하늘의 별처럼 무수한 지난날의 흑역사를 헤아려보자. 누군가는 내 흑역사를 읽고 용기를 얻을지 모른다. 어설펐던 과거의 나를 조롱해도 좋다. 과거의 나를 가소로운 듯 웃으며 바라보는 내 모습은 또 얼마나 여유롭고 멋져 보이겠는가.

나의 흑역사를 써볼 용기가 생기는
오늘의 필사 문장

글이 착하면 재미가 없어요. 약간 싸가지 없고 톡톡 튀는 것도 매력이 없지 않아요. 무엇보다 살기가 서려 있어야 해요. 당연히, 쓰는 사람 자신을 겨냥한 살기이지요.

– 떠올리면 얼굴이 빨개지는 흑역사가 있는가? 그 이야기를 써보자. 독자들은 내가 망가질(?) 때 즐거워한다.

사랑, 행복, 슬픔은 모두 '젖어 드는' 감정들이다. 때로는 폭우처럼 우리를 속수무책으로 만들고, 가랑비처럼 어느새 정신 차려보면 푹 젖어 있게 한다. 피한다고 피할 수가 없고, 잡는다고 잡혀지지도 않는 증발성을 띠기도 한다.

- 김이나, 『보통의 언어들』 p.60

12. 유사성을 추출해보자

추위를 많이 타서 완연한 봄이 오기 전까지는 패딩 점퍼를 옷장에 넣지 않는다. 그래서 경칩이 지났건만 나의 외투는 여전히 패딩이다. 동네 한 바퀴만 가볍게 걸을 요량으로 밑창이 얇은 단화를 신고 집을 나섰는데 웬걸, 봄이 성큼 와있다. 자주 걷던 천변 길에도 매화 꽃잎이 팝콘처럼 터져 있다.

걷는 내내 어떤 에너지가 땅을 딛는 발바닥부터 단전을 거슬러 정수리까지 관통하는 기분이 든다. 아파트 후문으로 돌아오던 발길을 거두어 공원 옆 달리기 트랙으로 향한다. '달려야겠다.'

날씨가 맑을 때면 운동 삼아 트랙을 뺑뺑 돌며 달리곤 했다. 보통은 15분 알림을 맞추고 달렸다. 컨디션이 좋은 날에는 30분을 달릴 때도 있었다. 그러고 나면 상쾌한 기분이 온종일 갔다.

트랙 앞에 서니 겨울잠에서 깬 개구리처럼 마음이 들뜬다. 마침내 찌뿌둥한 겨울이 물러나고 달리기의 계절이 온 것이다. 몸을 풀 겸 정오의 볕을 만끽하며 우선 한 바퀴 천천히 걷는다. 시작점으로 돌아와서는 허벅지에 힘을 주어 속력을 높인다.

세 바퀴 정도를 돌자 양 겨드랑이가 척척해지면서 불쾌감이 올라온다. '나중에 옷을 제대로 갖춰 입고 나와서 달릴까?' 패딩을 입고 달리다니. 아무리 충동적으로 달려도 그렇지 미련하다. 그렇지만 땀이 난다는 건 이제 막 워밍업이 끝나고 진짜 운동이 시작된다는 뜻인데 여기서 멈추기에는 아깝다. 이것저것 따지기 시작하면 다시 스타트 끊기가 어렵다. 결국, 계속 달리기로 결정한다. 아니, 달리는 발을 멈추지 않는다.

겨드랑이에서 포문을 연 땀 줄기는 가슴팍과 목덜미로 빠르게 영역을 넓혀간다. 호흡이 가빠지고 몸에서 열기가 올라온다. 고목처럼 굳어 있던 몸이 유연하게 풀리면서 점점 가벼워진다. '역시 달리길 잘했다.'

최근에 사귄 글 동무 중에는 달리기를 좋아하는 사람이 많았다. 그들과 친해지다 보니 달리기에 조금씩 흥미가 생겼다. 그러다 모임에까지 들었다. 주 3회씩 트랙을 나가면서 더 이상 예전처럼 달리기를 싫어하지 않게 되었다. 그렇게 몇 달이 흐르자 날씨가 좋으면 기꺼이 달리는 사람이 되었다.

몸이 풀린 지 몇 분 지나지 않아 또 고비가 찾아온다. 이번에는 발바닥이 아프다. '러닝화를 신었어야 했는데.' 처음부터 달릴 계획이 아니었던 탓이다. 단화는 아무래도 쿠션이 없으니 딱딱한 지면에 닿는 충격이 발에 온전히 전해진다.

스마트폰 앱을 확인하니 달리기 시작한 지 이제 12분이 지났다. 목표했던 3분을 더 채울 것이냐 포기할 것이냐. 누워서 유튜브를 보는 3분은 순식간이지만, 달리는 3분은 결코 짧지 않다. '어떡하지, 그만둘까, 조금만 더 뛸까?' 고민하는 사이 15분 완주를 축하한다는 알림 음이 울린다. '나 녀석, 해냈구나.'

고작 15분가량 짧은 달리기라도 완주의 기쁨은 작지 않다. 그만두고 싶은 유혹을 끊임없이 뿌리치고 목표한 바를 이뤘기 때문이다. 나는 달리기가 글쓰기와 비슷하다고 생각한다.

하나씩 나열해보면 다음과 같다. 1)꾸준히 훈련해야 실력이 는다. 2)어느 날 갑자기 견딜 수 없이 하고 싶을 때가 있다. 3)즐기는 사람 곁에 있으면 나도 따라 하게 된다. 4)하기 싫은 순간, 고비를 넘기면 또 할 만해진다. 5)조금만 더, 조금만 더, 하는 다독임으로 진행한다. 6)결국에는 완주의 기쁨을 누린다. 7)완주의 기쁨은 다음을 기대하게 한다.

글쓰기와 달리기의 공통점을 하나둘 찾으며 글쓰기를 하면 달리기 실력도 늘고, 달리기를 하면 글쓰기 실력도 는다는 '평행이론설'을 완성했다. 사물이나 사람, 상황 간의 유사성을 찾아내는 일 역시도 글을 색다르게 쓰는 기술 중 하나다.

몇 년 전, 큰 인기를 끌었던 애니메이션《인사이드 아웃》에는 인간의 감정을 캐릭터화한 인물이 나온다. 기쁨이, 슬픔이, 버럭이, 까칠이, 소심이. 이들의 모습은 표정과 말투로도 구별되지만 각각 옐로우(기쁨이), 블루(슬픔이), 레드(버럭이), 그린(까칠이), 퍼플(소심이) 색깔로도 표현된다.

감정에 따로 정해진 색깔이 있는 것은 아니지만 이질감은 없다. 화가 나면 몸에서 열이 나면서 얼굴이 달아오른다. '불길이 치솟는다'처럼 화도 치솟는다고 표현한다. 분노는 불의 성질을 닮아 빨갛다. 그래서 '버럭이'는 빨간색이다. 슬프면 눈에서 물이 나온다. 물은 사실 투명하지만 바다나 수영장의 물은 빛을 받아 파란색이다. 그래서 슬프고, 싸늘하고, 외롭고, 으슬으슬한 기분을 파란색으로 표현한다. '슬픔이'는 파란색이다.

감정은 눈에 보이지 않는 개념이지만 오늘의 필사 문장을 쓴 김이나 작사가는 누구보다 예민한 촉각으로 감정의 속성을 파악한다. 사랑, 행복, 슬픔을 두고 폭우처럼 그리고 가랑비처럼 '젖어든다'는 유사성을 추출해 능수능란하게 묶어낸다. 여기에 그치지 않고 또 다른 유사성인 '증발성'을 보태어 더욱 공감 가는 표현을 완성했다(다시 한 번 오늘의 필사 문장을 들여다보라).

모두의 고개를 끄덕이게 하는 '유사성 추출력'은 어디에서 오는 것일까. 평소의 세심한 관찰력과 유연한 사고방식, 유머감각에서 비롯된다. 인생을 너무 심각하게만 바라보면 유머를 잃기 쉽다. 무겁다고 꼭 의미가 있는 것은 아니다. 때로는 가볍고 유쾌하게 접근해야 한다.

글쓰기 모임에서 만난 S 또한 이 방면의 뛰어난 능력자이다. 마지막으로, 그가 완성한 문장 몇 개를 소개해보겠다.

첫 번째, '내 옆자리 회사 동료는 공기청정기다'라는 문장에서 '동료'와 '공기청정기'의 유사성을 찾아본다면? '사무실 분위기를 좋게 만들어서?'라는 답을 많이들 한다. 하지만 S의 생각은 '솔직히 있어도 모르겠고 없어도 모르겠다'였다. 두 번째, '내 옆자리 회사 동료는 소주다'라는 문장은 대부분 '독하다, 매일 같이 술을 들이붓는다'를 유추한다. 하지만 애주가 S는 '즐거워도 힘들어도 내 곁에 있어준다'라는 낭만적인 문장으로 답했다. 마지막으로 '내 옆자리 회사 동료는 로또다'라는 문장은? 이 예시는 어디서 많이 들어봤다. '너무 안 맞는다' 정도로 생각했다면 뻔한 상상력이다. 역시 S의 답변은 남달랐다. '혹시나 해서 믿어 본다.'

유사성을 추출해 새로운 관점을 만들어 낸
오늘의 필사 문장

사랑, 행복, 슬픔은 모두 '젖어 드는' 감정들이다. 때로는 폭우처럼 우리를 속수무책으로 만들고, 가랑비처럼 어느새 정신 차려보면 푹 젖어 있게 한다. 피한다고 피할 수가 없고, 잡는다고 잡혀지지도 않는 증발성을 띄기도 한다.

– 글쓰기와 유사성을 가진 또 다른 '무엇'을 찾아보고 비슷한 점을 하나씩 나열해 보자. 무관한 것들 사이에서 비슷한 점을 추출할 때 새로운 시선이 만들어진다.

햇볕의 신선한 밝음과 살갗에 탄력을 주는 정도의 공기의 저온, 그리고 해풍에 섞여있는 정도의 소금기, 이 세 가지만 합성해서 수면제를 만들어 낼 수 있다면 그것은 이 지상에 있는 모든 약방의 진열장 안에 있는 어떠한 약보다도 가장 상쾌한 약이 될 것이고 그리고 나는 이 세계에서 가장 돈 잘 버는 제약 회사의 전무님이 될 것이다. 왜냐하면 사람들은 누구나 조용히 잠들고 싶어 하고 조용히 잠든다는 것은 상쾌한 일이기 때문이다.

- 김승옥, 『무진기행』 p. 11

13. 잘 쪼개고 분석하고 합성하기

알레르기 체질이라 먹거리를 까다롭게 고르는 편이다. 특히 마트에서 가공식품을 살 때는 상품명이 크게 쓰여있는 앞보다 뒷면의 식품성분표를 꼼꼼히 살핀다. 맛을 내려고 넣는 합성 감미료는 그렇다 쳐도, 그저 맛있어 '보이는' 빛깔 때문에 들어간 색소는 왜 그리도 많은지.

하루는 라면이 당겨 집어 들었다가 식품성분표를 보고 한숨을 쉬며 내려놓았다. 스프에 들어간 이름 모를 수십 가지 성분이 야속했다. 하지만 이를 모아 만들어낸 라면 맛은 또 얼마나 기특한지. 혀가 마비될 정도로 테스트했을 연구원들의 집념이 대단하다는 생각을 했다.

복잡한 성분으로 이루어진 것이 어디 라면 스프뿐이랴. '나'라는 사람의 성분 분석표를 살펴보자. 우리 몸은 대략 수분 60%, 체지방 20%와 단백질 16%, 그 밖에 무기질 따위로 구성된다. 겉으로 드러난 성분만 보자면 피부와 털과 치아와 손발톱 등으로 구성돼 있다.

예전에 유행하던 뇌 구조 분석도 해보자. 현재 나의 뇌 70% 이상은 책 쓰는데 가동된다. 책상 앞에 앉았을 때만 쓰는 것이 아니라 누워서 소설을 읽을 때도, TV를 볼 때도, SNS를 할 때도, 친구와 대화할 때도 '어떻게 하면 책이랑 엮어볼까'로 의식이 흘러간다(그래서 친구가 없는 건가). 나머지는 남편과 놀 궁리 정도다(그래서 친구가 없구나!).

그렇다면 나의 뇌를 가득 채우는 책은 어떤 성분으로 이루어져 있을까. 종이(나무)와 잉크, 약간의 접착제가 물리적 성분이다. 보이지 않는 성분으로는 저자와 편집자와 디자이너의 노동력이 있다. 물론 더 넓혀 보자면 인쇄소 직원까지도 포함된다.

이처럼 원자를 제외한 모든 물질은 성분(물리적 성분이나 보이지 않는 노력 등)으로 쪼갤 수 있다. 이를 글쓰기에 적용해보면 어떨까?

잘 쪼개고 분석하고 합성하는 것이 창의적인 표현을 짓는 비결이다. 평범한 단어나 문장도 샅샅이 살피고 뒤집고 고민하면 그것을 존재하게 하는 하위 성분을 캐낼 수 있다. 이를 설득력 있게 펼쳐 놓으면 창의력이 담긴 나만의 문장이 된다.

성분을 추려내는 능력은 개인의 경험이나 감수성에 따라 다르다. 그래서 완성된 문장에는 글을 쓴 사람 고유의 개성이 담기기 마련이다. 오늘의 필사 문장은 필사를 좀 해본 사람이라면 한 번쯤 거쳐 간다는 김승옥 『무진기행』의 앞부분이다. 그중에서도 나의 눈을 사로잡았던 '자연 수면제'의 성분.

작가는 '햇볕의 밝음'과 '공기의 저온' 그리고 '해풍의 소금기'만 있으면 자연 수면제가 된다고 했다. 각각 명도와 온도와 염분이다. 명도는 눈으로 보고 온도는 피부로 느낀다. 소금기는 보통 혀로 알지만 냄새로도 감지한다. 바닷가 근처만 가도 '바다 냄새가 난다'라는 말이 절로 나오는 것을 보면 말이다.

오감을 만족시키는 오늘의 필사 문장은 마치 잠을 부르는 ASMR처럼 사근거린다. 볕 좋은 날, 한적한 해변 모래사장에 누워 소금기 묻은 해풍을 맞으며 낮잠을 자본 경험이 한 번이라도 있다면 누구나 공감하는 문장이다.

머릿속이 복잡해 뒤척이며 잠을 이루지 못하던 어느 날 밤, 무진기행 속 주인공이 꿈꾸던 천연 유래 성분으로 만든 수면제가 있다면 얼마나 좋을까 상상해 본다. 햇볕의 신선한 밝음과 서늘한 온도 그리고 바닷바람만 떠올려도 온몸이 나른해지면서 하품이 나온다. 부작용 걱정도 없을 수면제다.

잠이 잘 오는 환경을 분석해 수면제의 성분을 쪼갠 것처럼 일상의 평범한 소재도 그 특성에 주목해 성분을 정의하면 나만의 시선이 담긴 새로운 이야기로 탄생한다. '탐욕'과 '게으름'으로 가득 찬 냉장고, '새의 깃털'에 '진흙'을 섞어 만든 운동화, '탄성 좋은 고무줄'로 만든 시계는 어떨까. 성분을 새롭게 합성하자 대상에 담긴 의미가 또렷해진다. 소재에 숨어 있는 이야깃거리가 고개를 빼꼼 내민다.

잘 쪼개고 분석하고 합성하는, 언어의 연금술사가 되어보자. 고여있던 창의력이 20년간 닫혀있던 수문이 열린 것처럼 기세 좋게 넘쳐흐를 테니까.

언어의 연금술을 보여주는
오늘의 필사 문장

햇볕의 신선한 밝음과 살갗에 탄력을 주는 정도의 공기의 저온, 그리고 해풍에 섞여있는 정도의 소금기, 이 세 가지만 합성해서 수면제를 만들어 낼 수 있다면 그것은 이 지상에 있는 모든 약방의 진열장 안에 있는 어떠한 약보다도 가장 상쾌한 약이 될 것이고 그리고 나는 이 세계에서 가장 돈 잘 버는 제약 회사의 전무님이 될 것이다. 왜냐하면 사람들은 누구나 조용히 잠들고 싶어 하고 조용히 잠든다는 것은 상쾌한 일이기 때문이다.

– 현재의 나를 이루는 성분들은 무엇인가? 나의 머릿속 욕구와 욕망을 분석해보자. 이를 모아 나 자신을 표현해 보자.

"네 컵은 반이 빈거니, 반이 찬거니?" 두더지가 물었어요. "난 컵이 있다는 것만으로도 너무 좋은데." 소년이 말했습니다.

- 찰리 맥커시, 『소년과 두더지와 여우와 말』

14. 흑백논리에서 벗어나자

나에게는 최고의 책이 다른 사람에게는 그저 그렇거나 최악일 때도 있다. 나는 책에도 운명적인 타이밍이 있다고 믿는다. 꼭 필요한 순간에 마주친 책은 영향력이 막강하니까. 그런 책을 만나면 우연히 이상형을 마주친 것처럼 눈이 번쩍 뜨인다. 문장들이 세포 하나하나에 콕콕 박혀 소름을 일으킨다. 좋은 책이냐 나쁜 책이냐는 어쩌면 내용 자체보다 얼마나 적절한 타이밍에 등장했느냐 그렇지않냐에 달려있는지도 모른다. 책과의 궁합이랄까.

그런 까닭으로 책을 추천하거나 선물할 때 조심스러웠다. "정말 감동적이야, 꼭 읽어봐"하며 추천했는데, 별로였다는 반응을 들으면 실망부터 했다. 상대방의 지적 수준을 의심하는 오만을 부리기도 했다.

한 글벗이 자신의 '인생 책'이라며 책을 선물로 보내왔다. 책 선물이라면 머뭇거리는 나와 달리 일단 보내고 보는 그의 행동력은 멋졌다. 자신이 감명받은 책을 더 많은 사람이 읽어주기를 바라는 애틋함 또한 알기에 기쁘게 책장을 열었다.

제법 두께가 있는, 긴 제목의 그림책이었다. (나는 아직도 이 책 제목을 외우지 못해 매번 검색한다.) 페이지를 넘길 때마다 동물 삽화와 함께 짤막한 대화가 이어지는 구성은 마치 『어린 왕자』와 같은 느낌을 주었다.

글과 그림을 지은 찰리 맥커시는 옥스퍼드 대학 출판부 표지 디자이너이자 영국에서 왕성하게 활동하는 일러스트레이터라고 했다. 크로키처럼 흘린 그림체가 특히나 멋스러웠는데 역시나 그림책을 좋아하는 이들 사이에서는 꽤 유명한 책이었다.

책이 나온 계기가 독특했다. 작가는 '용기가 무엇일까'라는 주제로 친구와 대화를 나누다, 기록할 만한 내용을 그림으로 그려 SNS에 남겼다. 그러자 그림을 사용해도 되느냐는 문의 메일이 쏟아졌다고 한다. 주로 중증 장애를 치료하는 병원이나 청소년 학교, 군대의 외상 후 스트레스 치료센터 등에서 온 요청이었다. 용기가 절실한 사람들에게 안성맞춤인 그림이라는 뜻이었다. 작가는 이 일이 계기가 되어 그림을 모아 책을 냈다.

제목이 길어 외우기 힘들다고 한 책은 『소년과 두더지와 여우와 말』이다. 등장인물들이 나누는 대화는 간결하지만 울림이 깊다. 용기와 우정을 대하는 내용은 자못 철학적이다. 누구보다 자신에게 먼저 친절해야 한다는 책의 메시지는 따뜻하기까지 하다.

책을 선물한 글벗은 항상 자신보다 상대의 기분을 먼저 살피고 친절을 베풀었다. 책을 읽고 나니 그녀가 이 책을 사랑하는 이유를 알 것 같다. 그런데 이 책에서 나를 사로잡은 문장은 따로 있었다. 양자택일의 선택지를 깨뜨리는 두더지와 소년의 대화, 바로 오늘의 필사 문장이다.

나에게 누군가 "네 컵은 반이 빈 거니, 반이 찬 거니?"라고 물으면 뭐라고 대답할까. "방금 반을 마셨으니 반이 빈 거야!"라고 애써 논리를 만들어 답하지 않았을까. 소년의 대답을 보고는 깜짝 놀랐다.

"난 컵이 있다는 것만으로도 너무 좋은데."

둘(컵이 반 빈 거냐, 컵이 반 찬 거냐) 중 하나를 꼭 선택해야 한다는 강박이 있다는 걸 깨닫는 순간이었다.

인간의 10가지 본능을 다룬 책 『팩트풀니스』에서는 이를

'간극본능'이라고 했다. 인간에게는 세상을 상충하는 두 집단으로 나누어 생각하려는 습성이 있다. 부자와 빈자, 선진국과 후진국, 남자와 여자. 모 아니면 도, 좌 아니면 우. 이처럼 이분법으로 생각하는 함정에 빠지면 사각지대나 정작 중요한 것을 놓치게 된다.

글쓰기에서도 이런 무의식은 어김없이 작동한다. 물이 절반 정도 들어있는 컵을 보고 '벌써 반이나 비었네'하는 사람은 부정적이고, '아직 반이나 남았구나'라고 말하면 긍정적인 사람으로 흔히 묘사한다.

고민 없이 이를 인용했다면 게으른 처사다. 절반에 주목하는 긍정적인 사람이 되자는 뻔한 다짐만 했을 터다. 여태까지 물음 자체에 의문을 품어본 적이 없다는 것을 고백하는 셈이다. 그런데 컵이 있는 것만으로도 좋다니! 미처 생각하지 못한 관점이다. 우물 속에서 허우적거리던 나의 사고방식을 밖으로 길어 올렸다는 점 하나만으로도 이 책은 나와 찰떡궁합이다.

아무래도 시키는 대로 따르는 게 편하다. 선택지 안에서 고르는 게 익숙하다. 몇십 년을 그렇게 살았다. 중학교를 졸업하면 고등학교에 가고, 고등학교를 졸업하면 대학에 가야 한다고 믿었다. 그리고 대학을 나와선 직장을 구해야 한다. 그런데 정말 그럴까? 또 다른 선택지는 없을까? 주어진 선택지 안에서 정답을 고르는 일은 수월하지만, 붕어빵틀에서 찍어내는 빵처럼 몰개성할 수밖에 없다. 개인은 사라지고 복제 인간만 늘어나는 꼴이다.

　좋은 글이란 읽기 편하고 아름답게 가꾼 문장만은 아니다. 선택지의 벽을 허물고 무한대로 확장하는 글이다. 고정관념과 편견을 양산하고, 알고 있는 것을 세뇌시키듯 반복 재생하는 글은 지겹다. 그동안 몰랐던 선택지가 있다는 사실을 일깨워준 오늘의 필사 문장 같은 글이 좋은 글 아닐까.

　그나저나 소년은 도대체 어떠한 인생을 살았기에 '컵이 있다는 것만으로도 좋다'라는 대답을 했을까. 혹시 인생 2회차?

흑백논리가 진부한 글을 만든다는 사실을 일깨우는 오늘의 필사 문장

"네 컵은 반이 빈거니, 반이 찬거니?" 두더지가 물었어요. "난 컵이 있다는 것만으로도 너무 좋은데." 소년이 말했습니다.

- 흑백논리(혹은 이분법적 사고)는 생각의 폭을 좁힌다. 지금 어떤 것 사이에서 갈등하고 있다면, 아예 새로운 선택지도 고민해 보자.

습지는 늪이 아니다. 습지는 빛의 공간이다. 물속에서 풀이 자라고 물이 하늘로 흐른다. 꾸불꾸불한 실개천이 배회하며 둥근 태양을 바다로 나르고, 수천 마리 흰기러기들이 우짖으면 다리가 긴 새들이 – 애초에 비행이 목적이 아니라는 듯 – 뜻밖의 기품을 자랑하며 일제히 날아오른다.

습지 속 여기저기서 진짜 늪이 끈적끈적한 숲으로 위장하고 낮게 포복한 수렁으로 꾸불꾸불 기어든다.

- 델리아 오언스, 『가재가 노래하는 곳』 p.13

15. 묘사 잘하는 법(1)
관찰한 다음 동사를 써라

어떤 영화는 보다가 지치기도 한다. 레오나르도 디카프리오 주연의 《레버넌트》가 그랬다. 극한의 상황에서 악착같이 살아남으려는 주인공. 그를 두 시간 넘게 지켜보고 있느라 온몸이 땀에 흠뻑 젖었다. 특히 곰과 사투를 벌이는 장면은 지금 생각해도 오금이 저리다. 눈, 귀, 코, 피부로 생생하게 전해져 마치 내가 곰에게 공격을 당하는 것처럼 느껴졌다. 영화를 보는 내내 얼마나 주먹을 꽉 쥐고 있었는지 손바닥에 손톱자국이 생길 정도였다. 영화가 끝나고서는 집으로 돌아갈 기운이 없어 택시를 잡아탔던 기억이 난다.

빼어난 연출자도, BGM도, 디카프리오도 없이 오직 문장으로만 감각을 전달해야 하는 것이 글쓰기다. 홍행 여부를 떠나 그 어려운 일을 해내는 '1인 크리에이팅'이 곧 글쓰기라 생각하면 가슴이 웅장해진다.

한 번은 '오감으로 글쓰기' 모임을 한 적이 있다. 시각, 청각, 후각, 미각, 촉각을 각각 한 번 이상 사용하여 묘사 글을 쓰는 것이 미션이었다. 글쓰기 모임원 H의 글을 읽고 예상치 못하게 뭉클해졌다.

내가 제시한 소재는 깊어가는 가을에 걸맞은 '은행나무'였다. H는 아파트 경비원이 한 곳으로 쓸어 놓은 은행잎이 수북이 쌓여있는 걸 보고, '개켜놓은 빨래'라고 묘사했다(시각). 바람에 파르르하고(청각) 떨어진 잎 하나를 주워 만져보니 수분이 말라 '뻣뻣'했고 가느다란 잎줄기는 '탄탄한 근육'같다고 했다(촉각). '도라지 향'과 비슷하지 않을까 기대하며 한 움큼을 집어 킁킁 냄새도 맡아보았는데 '쇠 냄새'가 난다고 했다(후각). 그녀의 실험 정신은 거기서 멈추지 않았다. 잎 하나를 잘근잘근 씹어 맛까지 음미해보았다. 무슨 맛일까? 나물처럼 쌉싸름한 맛일까? H의 글에 따르면 '시고 떨떠름한 맛'이라고 했다(미각).

가을이면 길가에서 흔하게 마주치는 은행나무. 열매가 지닌 고약한 냄새와 쫄깃한 식감은 알아도 갈라진 이파리가 품은 비밀은 알지도, 알아볼 생각도 하지 않는다. 하지만 H는 바람이 불자 '비행기가 곡예 하듯 팔랑거리다가 떨어진 은행

잎(H의 묘사)'을 아무도 시도하지 않은 방식으로 꼼꼼하게 관찰했다.

오늘 필사 문장의 출처가 되는 소설 『가재가 노래하는 곳』은 출중한 오감 묘사로 시들시들했던 감각을 깨우는 작품이다(잠시, 오늘의 필사 문장을 살펴보라). 생태, 추리, 법정을 종횡무진 넘나드는 장르적 매력을 떠나 생동하는 묘사만으로도 충분히 만족스럽다.

작가 델리아 오언스는 습지를 연구한 생태학자로 누구보다 오랜 시간, 가까운 곳에서 습지를 관찰했다. 덕분에 소설 곳곳에는 살아서 꿈틀대는 묘사가 탄생했다. 습지를 책이나 영상 속에서 배운 사람과 습지 근처에 실제로 머물며 연구한 사람이 구사하는 묘사는 차이가 있을 수밖에 없다.

묘사는 순간의 기술이 아니라 그동안의 관찰이 샐러드처럼 잘 버무려지는 것과 같다. 묘사를 잘하고 싶다면 '이미 다 알고 있다'는 자만을 내려놓고 대상에 가까이 다가가 관찰부터 골똘히 해야 한다. 관찰이 축적되고 길러지면 비로소 묘사의 재료로 쓰인다. 그러니까 종이를 마주했을 때 묘사를 시작하는 게 아니라, 이미 관찰 재료를 확보해두어야 한다는 뜻이다.

관찰 대상에 감정이입을 해보는 방법도 있다. 예를 들어, 내가 종일 두드리는 기계식 키보드의 마음을 헤아려보자.

"네가 누르면 나는 튀어 오른다. 누르기와 오르기가 에로틱한 리듬을 만들면서 글자가 탄생한다. 자음에서는 이응(ㅇ)과 리을(ㄹ), 모음에서는 으(ㅡ) 자판이 닳았다. 합치면 '을'. 글쓰기를, 밥을, 사랑을, 너를. 목적어를 자주 외치는 나는, 아니 너는, 너의 손, 아니 머릿속. 우리는 지금도 끊임없이 오르고 누르며 목적지를 향해 치닫고 있다."

오늘의 필사 문장도 보자. '수천 마리 흰 기러기가 우짖고 다리 긴 새들이 뜻밖의 기품을 자랑하며 일제히 날아오른다'라는 문장은 정교하다. 작가의 감정이입으로 구체적인 이미지가 그려진다. '뜻밖의'라는 단어가 붙으니 쫓기듯 떠나는 것이 아니라 우아한 자태로 날아오르는 새들의 모습이 그려진다. 그 앞에 줄표를 붙인 '애초에 비행이 목적이 아니라는 듯'이란 표현도 마찬가지다. 작가는 '다리가 긴 새들'에 감정이입을 해 그들의 심리를 대변했다. 어찌나 태연한지 작가의 주관적인 묘사를 사실인 양 선뜻 믿어버리게 된다.

또 다른 특징은 동사를 다채롭게 사용하는 점이다. 이 또한 묘사의 중요한 포인트다. 습지를 묘사한 필사 문장은 땅이나 바다의 일부라기보다 살아있는 생명체처럼 활발하게 느껴진다. 이를 유도하는 단어는 단연코 동사다. 자라고 흐른다, 배회하며 나르다, 우짖으면 날아오르다, 포복한, 기어들다. 한 문단 안에도 계속해서 등장하는 동사가 역동성을 만든다.

만약 위 문장에서 동사를 제거하면 다음과 같이 밋밋해진다. '물속에 풀이 있다' '실개천은 꾸불꾸불하고 둥근 태양이 바다 위에 있다' '하늘에는 수천 마리 흰 기러기 떼가 있다' 생명력이 모두 사라진 죽은 문장이 돼버린다.

사는 동안 축적한 관찰 재료를 그러모아 동사라는 그릇에 넣고 야무지게 버무리자. 신선한 샐러드처럼 살아있는 묘사를 하고 싶다면 '관찰'과 '동사' 이 두 가지 요소를 꼭 기억해야 한다.

관찰과 동사로 일군 생생한 묘사를 보여주는
오늘의 필사 문장

습지는 늪이 아니다. 습지는 빛의 공간이다. 물속에서 풀이 자라고 물이 하늘로 흐른다. 꾸불꾸불한 실개천이 배회하며 둥근 태양을 바다로 나르고, 수천 마리 흰 기러기들이 우짖으면 다리가 긴 새들이 – 애초에 비행이 목적이 아니라는 듯 – 뜻밖의 기품을 자랑하며 일제히 날아오른다.

습지 속 여기저기서 진짜 늪이 끈적끈적한 숲으로 위장하고 낮게 포복한 수렁으로 꾸불꾸불 기어든다.

– 내 앞에 있는 사물, 사람, 또는 상황을 유심히 관찰해보고 오로지 동사로만 묘사해보자.

책은 냄새입니다.

모든 책은 태생적으로 나무의 냄새를 지니고 있지요.

갓 구운 빵이나 금방 볶은 커피가 그렇듯이

막 인쇄된 책은 특유의 신선한 냄새로 당신을 유혹합니다.

좀 오래된 책이라면 숙성된 와인의 향기가 나지요.

포도알 같은 글자들이 발효되면서 내는 시간의 맛입니다.

책은 소리입니다.

책과 책 사이를 자박이며 걷는 조용한 발소리,

사락사락 책장을 넘기는 소리,

그리고 연필이 종이의 살을 스치는 소리.

그 소리는 사과 깎는 소리를 닮았습니다.

당신은 사과 한 알을 천천히 베어 먹듯이

과즙과 육질을 음미하며 한 권의 책을 맛있게 먹습니다.

- 허은실, 『나는, 당신에게만 열리는 책』 p.6

16. 묘사 잘하는 법(2)
콧구멍과 귀를 연다

푹푹 찌던 여름의 어느 날, 더위를 피하려고 들어간 카페에서 얼어붙는 듯한 체험을 했다. 에어컨 바람이 강해서만은 아니었다. 들어서자마자 끼치는 '상큼발랄'한 디퓨저 향기가 뇌의 후각 정보를 담당하는 부위를 깨웠기 때문이었다. '나, 이 냄새 알아!' 냄새의 정체를 알고 싶은 열망이 얼마나 강렬했는지 선 채로 꼼짝도 할 수 없었다. 마치 몸을 움직이는 순간, 기억이 저 멀리 달아날 것만 같았다.

인상을 있는 대로 찌푸리며 더듬어 올라간 기억은 중학교 시절에서 멈췄다. 지금은 사라진 로션, 이름은 '지에닉'. 클린앤클리어와 함께 여중생들에게 사랑받는 화장품의 대명사였다. 로션의 향을 표현하자면 소다수에 우유와 설탕, 레몬즙을 넣어 부드럽게 섞은 느낌이랄까. 그 향은 20년 전에 맡아 본 이후 다시는 맡아 본 적이 없었다(어느 화장품과 마찬가지로 세월이 흘러 단종되었으니). 하지만 뇌는 고스란히 냄새를 보관하고 있었다. 엄마가 사주신 생애 첫 화장품의 향을 어느 카

폐에서 그렇게 다시 만났다. 그 향기는 순식간에 왁자한 중학교 교실 풍경을 내 눈앞에 펼쳐놓았다.

후각 못지않게 강력한 힘을 지닌 또 다른 감각은 청각 아닐까. 소리는 기분을 좌우하기도 한다. 가창력과 호소력이 뛰어난 가수의 노래를 주의 깊게 듣다가 나도 모르게 슬픔에 빠져 눈물이 맺힐 때가 있다. 때로는 분노를 가라앉히고자 유튜브에서 '빗소리'나 '모닥불 소리'를 검색해 들을 때도 있다. 그러면 신기하게도 평정을 되찾는다.

청각과 후각의 힘을 잘 알지만 어떤 대상을 글로 묘사할 때는 시각 묘사부터 접근하는 게 일반적이다. 가장 직관적이고 쉬운 방법이어서다. 고층 빌딩을 묘사할 때면 압도적인 높이나 거울처럼 반짝이는 창문이 빠질 수 없다. 크레파스를 묘사할 때면 알록달록 12가지 색깔 이야기가 나온다. 보이는 대로 색깔이나 형태를 설명한다. 그런데 커피를 묘사할 때는 어떨까. 후각 묘사, 커피 향이 빠지지 않는다. 만약 고층 빌딩이나 크레파스를 냄새나 소리, 맛으로 묘사하면?

늘 쓰는 시각 묘사 외에도 청각이나 후각처럼, 글을 쓸 때 잘 사용하지 않는 감각을 깨워서 대상을 재현할 때 새로운 표현이 나온다. '고층 빌딩의 외로운 웅얼거림' '떨떠름한 크레파스' '매운 떡볶이의 요란한 비명' '비린내 나는 해바라기'처럼.

이처럼 오감을 가장 잘 활용하는 사람은 시인이 아닐까. 내가 좋아하는 허은실 시인이 쓴 오늘의 필사 문장을 살펴보자. 그녀는 코와 귀를 열어 책이라는 물건을 탐미한다. 심지어 맛있게 베어먹기도 한다. 종이 책의 냄새를 묘사하는 것은 그다지 새로운 표현은 아니다. 하지만 새 책을 갓 구운 빵(갓 볶은 커피), 오래된 책을 와인에 비유한 것은 새롭다. 이처럼 후각을 섬세하게 다루려면 평소에도 감각이 깨어있어야 한다. 갓 볶은 커피와 와인이 풍기는 향에서 각각의 온도와 밀도, 질감, 분위기의 차이를 구별할 줄 알아야 종이 위에서도 자연스럽게 묘사가 흘러나온다.

시인은 여기에 그치지 않고 와인의 원재료인 포도알을 글자로 치환한다. 글자 하나에 포도알 하나. 포도알들이 으깨지고 발효되면서 와인이 되는 과정이 세월이 흐르면서 손때가 타는 오래된 책을 떠올리게 한다. 간과하기 쉬운 소리도 포착했다. '책과 책 사이를 자박이며 걷는 조용한 발소리'는 정숙한 도서관을 연상시킨다. 책장을 넘기는 소리와 연필이 종이를 스치는 소리는 사과 깎는 소리와 닮았다는 사실도 알려준다. 종이로 된 책이 사과로 '변신'을 하면서 베어 물 수 있는 존재가 된다. 그전까지는 책이란 그저 만질 수 있는 존재였는데 먹을 수 있는 존재로 확장된 것이다. 즉, 하나의 감각을 추가해 묘사하는 것은 '+1'이 아니라 '+1+α(알파)'가 된다. 풍요롭고 입체적인 표현으로 진화한다. 레몬향을 떠올리면 혀 밑에 침이 고일 뿐만 아니라, 20년 전 기억을 소환하는 것처럼 말이다.

나의 묘사가 진부하거나 단조롭다면 시각묘사에 치우쳐 있는 건 아닌지 점검해보자. 보이는 것에만 집중하느라 소홀했던 감각이 네 가지나 더 있다. 잠들어있던 감각을 깨워야 남다른 묘사가 나온다.

음악을 들으며 산책할 때는 납작했던 풍경이 귀에서 이어폰을 빼는 순간 부풀어 오른다. 새소리, 자동차 소리, 아이의 웃음소리, 식당에서 나는 그릇 부딪치는 소리가 호기심을 자극한다. 심지어 오래된 과거의 한 장면을 가지고 오기도 한다. 책이 사과로 변하듯, 새로운 발상이 타오른다.

묘사 잘하는 법은 원초적이다. 콧구멍을 벌름거리고 귀를 활짝 열어보자. 고슴도치가 가시를 세우듯, 온몸의 촉각을 곤두세워보자.

오감을 사용해 입체적으로 묘사하는 방법을 알려주는 오늘의 필사 문장

책은 냄새입니다.

모든 책은 태생적으로 나무의 냄새를 지니고 있지요.

갓 구운 빵이나 금방 볶은 커피가 그렇듯이

막 인쇄된 책은 특유의 신선한 냄새로 당신을 유혹합니다.

좀 오래된 책이라면 숙성된 와인의 향기가 나지요.

포도알 같은 글자들이 발효되면서 내는 시간의 맛입니다.

책은 소리입니다.

책과 책 사이를 자박이며 걷는 조용한 발소리,

사락사락 책장을 넘기는 소리,

그리고 연필이 종이의 살을 스치는 소리.

그 소리는 사과 깎는 소리를 닮았습니다.

당신은 사과 한 알을 천천히 베어 먹듯이

과즙과 육질을 음미하며 한 권의 책을 맛있게 먹습니다.

– 책상 위의 사물 하나를 두고 후각과 청각을 사용해 묘사해보자.

마음이라는 것이 꺼내볼 수 있는 몸속 장기라면, 가끔 가슴에 손을 넣어 꺼내서 따뜻한 물로 씻어주고 싶었다. 깨끗하게 씻어서 수건으로 물기를 닦고 해가 잘 들고 바람이 잘 통하는 곳에 널어놓고 싶었다. 그러는 동안 나는 마음이 없는 사람으로 살고, 마음이 햇볕에 잘 마르면 부드럽고 좋은 향기가 나는 마음을 다시 가슴에 넣고 새롭게 시작할 수 있겠지.

- 최은영, 『밝은 밤』 p.14

17. 묘사 잘하는 법(3)
보이지 않는 것을 보이게

십여 년 전, 잠깐 태극권을 배운 적이 있다. 태극권을 하면 아토피 증상이 가라앉는다는 개똥 같은 소리를 어디선가 들어서였다. 마침 집 근처에 놀랍게도 태극권 도장이 있었으니 운명 아닌가!

허름한 건물 2층에 있던 도장 간판을 다시 한번 확인하고 계단을 올랐다. 괜히 으스스한 기분이 들었다. 유리문을 조심스레 밀자 개량 한복 차림의 중년 부인이 너그러운 미소로 맞이했다. 낡은 외부와 달리 내부는 깔끔했다. 다도를 배우는 공간처럼 차분한 분위기가 감돌았다. 왜 이곳을 찾아왔는지 털어놓으며 전면이 거울로 도배된 도장을 슬며시 둘러보았다.

도복을 입은 관장(이라고 했다)님이 한 남자와 대련을 하고 있었다. 그때 갑자기 보고도 믿기 어려운 장면이 눈앞에 펼쳐졌다. 관장은 짧고 우렁찬 기합 소리를 내더니 두 손바닥을 펼쳐 만화나 영화에서 본 장풍을 쏘았다. 부지불식간의 공격을 받은 남자는 '억' 소리와 함께 뒤로 훌렁 나자빠졌다. 다행히 뒤쪽에는 푹신한 파란색 매트가 깔려있었다.

웃음이 튀어나오려는 것을 얼른 손으로 막았다. 그리고 눈치를 살폈다. '뭐지, 연기자들인가? 소림사도 아니고 서울 한복판에서 장풍이라니.' 참으로 어이가 없다고 생각하면서도, 내 손은 홀린 듯 한 달 등록 결제를 했다. 그로부터 두 달쯤 태극권을 수련하며 깨달았다. 연기가 아니었다는 사실을. 관장님처럼 화려한 액션까지는 아니지만 나도 '기(氣)'라는 것을 느꼈다.

태극권의 기본 동작은 편안한 호흡과 함께 주로 팔과 손을 느리게 움직인다. 두 팔을 앞으로 뻗은 상태에서 아주 천천히 내렸다가 또 아주 천천히 들어 올린다. 스스로 움직이고 있다는 사실을 의식하지 못할 정도로 미세하게 움직임을 조절한다. 손바닥을 내릴 때는 마치 양 손바닥 아래 저항하는 공이 있다고 상상하며 누른다.

양손을 마주한 채 손과 손 사이를 벌렸다 좁혔다 하는 동작도 있다. 가운데 용수철이 있다고 상상하고 반복한다. 그러면 묘하게도 양 손바닥 사이에 지구본처럼 동그란 물체가 닿는 게 느껴진다. 보이지 않는 공은 따뜻하면서 부드럽다. 지구처럼 자전하는 듯한 느낌도 든다. 이게 바로 기로구나!

당연히 나는 장풍을 쏘기 전에 그만두었다. 아직도 잘 모르겠다. 반복 훈련을 하면서 무의식적으로 세뇌된 것인지, 아니면 잠자고 있던 어떤 육감이 활성화된 것인지. 기를 느낀 그날의 경험은 지금까지도 신비롭고 미스터리한 기억으로 남아있다.

오늘의 필사 문장인 최은영 작가의 글을 읽으며 보이지 않는 '마음'을 눈앞에서 본다. 마치 태극권을 하다가 기를 만진 것처럼 말이다. 어쩌면 사람의 장기는 오장육부가 아니라 육장육부일지도 모른다는 엉뚱한 상상도 해본다.

배 속에서 꺼낸 마음을 따뜻한(정확히는 체온과 비슷한 미지근한 온도일 것이다) 물에 씻어서 수건으로 물기를 닦아 해가 잘 드는 곳에 널어둔다는 표현을 읽고서, 빨랫줄에 쪼르르 걸린 오동통한 하트 모양의 마음들을 떠올렸다. 어떤 마음은 석류알처럼 새빨갛고, 어떤 마음은 와인처럼 검붉으며, 투명에 가까운 여린 분홍빛 마음도 걸려있다. 닳아 너덜너덜해진 어떤 마음은 바람에 나부껴 찢어지지 않을까 걱정도 된다.

빨래줄에 널린 마음을 상상할 때면, 마음을 몸 밖으로 꺼내고 싶어하는 최은영 작가, 아니 이혼 후 아픔을 겪고 있는 책 속 주인공 지연을 응원하게 된다. 그녀의 바람처럼 마음이 없는 동안은 공허하게 살다가, 보송보송한 새 마음을 가슴에 넣고 다시 시작할 기운을 얻는다면 참 좋을 텐데.

최은영의 단편소설 〈언니, 나의 작은, 순애 언니〉(소설집 『쇼코의 미소』에 실려 있다)에도 마음을 보여주는 좋은 문장이 있다. 주인공 해옥이 힘겨운 삶을 버티는 가여운 순애 언니에게 처음으로 백화점에서 산 소가죽 지갑을 선물하는 장면이다.

'그 지갑이 작은 동물이라도 되는 것처럼 두 손으로 감싸 쥐고 조금씩 쓰다듬었다.'

지갑을 '소중하게 간직했다'라고만 해서는 모자라는 애틋한 마음을 작은 몸짓으로 표현했다. 보이지 않는 것을 보이게 해주는 기술이 놀랍다.

소설이 독자에게 선사하는 것은 흥미진진한 스토리만은 아니다. 생생한 체험도 있다. 보이지 않는 것을 보게 하고 느끼게 만드는 것. 주인공의 현재 심정을 어떻게 하면 독자도 느끼게 할 것인지, 글을 쓰는 작가의 주된 고뇌 중 하나다.

사랑, 염려, 슬픔, 질투, 증오, 냉소와 같은 감정을 어떻게 표현하면 읽는 사람이 보고 듣고 느낄 수 있을까. '가슴이 찢어질 듯 아프다' '분노가 타올랐다' '기분이 울적했다'와 같이 낡은 표현으로는 감흥을 주기 어렵다. 오늘의 필사 문장이 어떻게 해야 하는지 힌트를 준다.

태극권 도장을 그만둔 이후 보이지 않는 기를 어떻게 하면 글로 생생하게 전달할지 고민해봤다. 그날의 관장님처럼 '넘어가 주는' 사람이 있으면 좋으련만.

관념을 눈에 보이게 표현하는 방법을 알려주는
오늘의 필사 문장

마음이라는 것이 꺼내볼 수 있는 몸속 장기라면, 가끔 가슴에 손을 넣어 꺼내서 따뜻한 물로 씻어주고 싶었다. 깨끗하게 씻어서 수건으로 물기를 닦고 해가 잘 들고 바람이 잘 통하는 곳에 널어놓고 싶었다. 그러는 동안 나는 마음이 없는 사람으로 살고, 마음이 햇볕에 잘 마르면 부드럽고 좋은 향기가 나는 마음을 다시 가슴에 넣고 새롭게 시작할 수 있겠지.

– 눈에 보이지 않는 '외로움'을 어떻게 글로 보여줄 수 있을까? 마음을 표현하는 단어 10개 정도를 꼽아두고, 각각 글로 표현해보자.

언제든 다시 갈 수 있다고 생각했다. 그렇기에 절박하지 않을 수 있었다. 그러나 보이지 않는 장벽이 사람과 사람 사이를 가로막은 시기부터 나는 지난날의 여행법을 조금씩 후회하고 있다. 좀 더 살피고, 좀 더 걷고, 좀 더 말 걸고, 좀 더 마음 쓸 걸, 하는 마음이 들었다. (p.49)

진정으로 행복할 때는 행복을 고민하지 않듯, 사랑할 때는 사랑을 고민하지 않는다. 이제 나는 더 이상 사랑에 대해 생각하지 않는다. 나는 나의 방식대로 당신을 사랑하고, 당신은 당신의 방식대로 나를 사랑한다. 우리가 서로를 이해한다는 것은 우리가 각자 다른 세계에 살고 있다는 사실을 인정했다는 의미였다. 그것은 꿈이 아니었고, 사라질 진실도 아니었다. 우리는 가로등이 없는 골목길을 걸을 때에도 두렵지 않았다. 이제 나는 그것으로 충분하다. (p.196)

- 윤성용, 『인생의 계절』

18. 운율을 살려 쓰기

  그는 평범한 직장인이다. 글을 쓰고 독자들과 마음을 나누는 일이 좋아서 4년 전부터 매주 수필을 써서 뉴스레터로 발행하고 있다. 사람과 책을 주제로 팟캐스트도 운영한다. 이제는 친구가 된 윤성용 작가 이야기다.

  그의 팟캐스트에 인터뷰 초대를 받은 적이 있다. 서울 사당동의 스튜디오였는데, 문을 열자 키가 큰 한 남자가 수줍은 표정으로 하지만 명랑한 목소리로 인사를 건넸다. 이미 『인생의 계절』이란 책을 통해 그를 알고 있었지만, 얼굴을 보는 건 그날이 처음이었다.

  그의 책은 첫 에세이집이라는 말이 믿기지 않을 정도로 필력이 돋보이는 문장으로 가득했다. 서정적이고 담백한 문체는 매끄럽게 잘 읽혔고 내 글도 돌아보게 했다. 그의 글이 갖고 있는 매력이 무엇인지 곰곰이 살펴보았다. 문장마다 노래처럼 리듬감이 살아 있었다. 산문이지만 시를 읽는 것 같은 기분도 들었다. 그 말을 했더니 예의 수줍은 미소로 '시를 아주 잠깐 공부한 적이 있어요'라고 했다.

　문장의 리듬감은 어떻게 만들어진 걸까? 먼저 첫 번째 필사문부터 살펴보자. 첫 번째 문장과 두 번째 문장의 길이가 비슷하다. 어절의 수는 다르지만 끊어 읽는 부분이 세 군데로 같다. 언제든 / 다시 갈 수 있다고 / 생각했다. 그렇기에 / 절박하지 않을 수 / 있었다. 세 번째 문장은 그 앞 문장들보다 두 배쯤 되는 길이로 변화를 준다. 마지막 네 번째 문장에서는 '~고'를 연속 사용해 의도적으로 각운을 살렸다(앞 페이지의 필사 문장을 한 번 더 살펴보자). 쉼표 사용은 읽는 사람의 속도를 작가가 의도적으로 조절하는 것이라 되도록 지양하는 게 좋지만 이렇게 리듬감을 만들어 낼 수도 있다.

　두 번째 필사문도 길이의 조절과 의도적인 쉼표 사용으로 대구를 이룬다. 첫 문장은 쉼표로 이어진 복문이고, 두 번째 문장은 단문이다. 세 번째 문장은 다시 쉼표가 들어간 복문을 써서 첫 번째 문장과 비슷한 구조를 취한다. 네 번째 문장은 길이가 좀 길어졌지만 쉼표의 끊김이 없다. 다섯 번째 문장은 다시 첫 번째와 세 번째 문장처럼 쉼표로 연결된 복문이 나온다. 그러니까 첫 번째, 세 번째, 다섯 번째 문장이 서로 비슷하고 두 번째, 네 번째 문장이 서로 비슷한 구조다. 문단을 마무리하는 여섯 번째와 일곱 번째 문장은 앞의 문장들을 내용적으로 받으며 문단을 닫는다. 여섯 번째보다 일곱 번째 문장 길이를 짧게 한 것이 화룡점정이다. 단단하게 조여지는 맛이 있다.

사실, 누구도 이렇게 하나하나 계산하며 글을 쓰지는 않는다. 글을 많이 쓰다 보면 자신만의 리듬이 담긴 문장이 자연스럽게 흘러나온다. 마치 우리 전통악기 장구의 장단처럼 문장 흐름에 리듬이 생긴다. '덩 / 덩 / 덕쿵덕' 세마치장단처럼 호흡이 짧은 문장이 있는가 하면, '덩 / 기덕 / 쿵더러러러 / 쿵 / 기덕 / 쿵더러러러'하는 굿거리장단처럼 길게 늘어지는 문장도 있다. 이것을 기술적으로 적절하게 버무리면 산문에도 운율이 만들어진다.

짤막하고 요약이 된 글에 익숙한 요즘 독자들은 참을성이 부족하다. 조금만 긴 글이 나와도 당황스러워하고 읽기를 그만둔다. 그러나 문장에 리듬감이 생기면 잘 읽힌다. 잘 읽히는 글은 계속 읽도록 유인한다. 감기약을 거부하는 아이에게 딸기 맛이나 초콜릿 맛이 나는 시럽으로 된 약을 주는 것과도 같다. 나도 모르게 꿀꺽 삼키게 하고 다음 문장을 읽게 한다. 리듬 패턴 덕분에 부드럽게 넘어간다. 글의 매력을 미처 알아차리기도 전에 포기하고 싶은 태만을 붙잡아 끝까지 궁둥이 붙이고 앉아 있도록 도와준다.

문장의 리듬감은 미적인 쾌감도 준다. 우리가 글을 읽는 이유는 정보와 지식을 얻으려는 목적만은 아니다. 즐겁기 때문이다. 즐거움은 내용에서도 오지만 형식에서도 온다. 문장이 지닌 균형과 변주의 팽팽한 대결이 주는 긴장감이다. 리듬이 구현한 아름다움이다.

리듬감이 있는 문장을 눈으로 읽다 보면 마치 속으로 노래를 흥얼거리는 것 같다. 베껴 쓰면 리듬은 더욱 깊숙하게 침투하여 내 몸에 달라붙는다. 가끔 시를 필사하는 까닭도 이 때문이다.

메마른 감정을 촉촉하게 소생시키고 노래처럼 사랑받는 글을 쓰고 싶다면, 문장에서 운율을 찾아 필사해보자. 노래를 반복해서 부르면 저절로 외워지듯 당신만의 문장 리듬을 갖게 된다.

문장의 리듬감이 무엇인지 보여주는
오늘의 필사 문장

언제든 다시 갈 수 있다고 생각했다. 그렇기에 절박하지 않을 수 있었다. 그러나 보이지 않는 장벽이 사람과 사람 사이를 가로 막은 시기부터 나는 지난날의 여행법을 조금씩 후회하고 있다. 좀 더 살피고, 좀 더 걷고, 좀 더 말 걸고, 좀 더 마음 쓸 걸, 하는 마음이 들었다.

진정으로 행복할 때는 행복을 고민하지 않듯, 사랑할 때는 사랑을 고민하지 않는다. 이제 나는 더 이상 사랑에 대해 생각하지 않는다. 나는 나의 방식대로 당신을 사랑하고, 당신은 당신의 방식대로 나를 사랑한다. 우리가 서로를 이해한다는 것은 우리가 각자 다른 세계에 살고 있다는 사실을 인정했다는 의미였다. 그것은 꿈이 아니었고, 사라질 진실도 아니었다. 우리는 가로등이 없는 골목길을 걸을 때에도 두렵지 않았다. 이제 나는 그것으로 충분하다.

– 다른 책에서 리듬감이 느껴지는 문장을 추가로 찾아 분석해보자. 무엇이 리듬감을 부여했는지.

나한테 묻는다면 겨울의 가장 아름다운 색깔은 불빛이라고 하겠습니다. 새까만 연탄구멍 저쪽의 아득한 곳에서부터 초롱초롱 눈을 뜨고 세차게 살아오르는 주홍의 불빛은 가히 겨울의 꽃이고 심동(深冬)의 평화입니다.

천 년도 더 묵은 검은 침묵을 깨뜨리고 서슬 푸른 불꽃을 펼럭이며 뜨겁게 불타오르는 겨울의 연탄불은, (중략) (p.172)

봄은 내의와 달라서 옆사람도 따뜻이 품어줍니다. 저희들이 봄을 기다리는 까닭은 죄송하지 않고 따뜻할 수 있기 때문인지도 모릅니다. (p.148)

- 신영복, 『감옥으로부터의 사색』

19. 계절에 기대어 글 써보기

콧구멍을 크게 벌려 공기를 한껏 들이켠다. 흉곽이 더 이상 부풀지 않을 때까지 차가운 공기를 폐 속에 가득 채운다. 그런 다음 천천히 입으로 내뱉어본다. 하얀 입김이 담배 연기처럼 사라진다. 바야흐로 겨울, 냄새로 먼저 자각하는 계절이다. 마른 콧속이 따갑고 매캐한 장작 타는 냄새가 환상처럼 느껴진다. 겨울 냄새는 어김없이 회상에 젖게 한다. 올해도 이렇게 끝나가는구나. 아쉽고 헛헛한 감정이 고양이 꼬리처럼 따라붙는다.

'겨울 냄새'라는 단어를 처음 들었던 건 중학교 2학년 때 동급생 T에게서였다. T는 초등학교를 같이 다녔던 친구였다. 그는 5학년 때, 한 학기 동안이나 반 친구들 사이에서 나를 따돌렸다. 친구들이 나에게 말을 걸지 못하도록 견제했고 틈만 나면 도끼눈으로 나를 째려봤다. 그럴 때면 선 채로 온몸이 굳어버리는 것 같았다.

중학생이 되어 T와 같은 반이 되었다는 사실을 알았을 때

잊고 지내던 두려움이 떠올라 몸서리쳤다. 하지만 그는 초등학교 시절 나를 따돌린 사실을 잘 기억하지 못했다. 자신 때문에 상처받았다면 미안하다고 했다. 기억하지도 못하는 이의 사과를 나는 하릴없이 받았다. 예상치 못하게 우리는 단짝이 됐다.

한 동네에 살아서 시험 기간이 다가오면 함께 독서실을 다니기도 했다. 어두컴컴한 독서실 책상은 양쪽에 칸막이가 있어 자리를 잡고 앉으면 마치 경주마가 된 기분이었다. 오늘 뛰어야 할 거리를 무사히 완주한 후 집으로 돌아가는 길에는 참았던 수다를 쏟아지는 구슬처럼 늘어놓았다. 하는 이야기는 뻔했다. 짝사랑하는 남자애의 행동을 분석하거나 같은 반 친구의 험담(대부분이 시새움) 따위였다. 서로의 집으로 향하는 갈림길이 나타나면 마치 이제 막 사귀기 시작한 연인처럼 헤어지기를 아쉬워했다. 그 나이대 여자애들의 우정이란 그랬다.

수다를 차마 끊지 못한 어느 겨울날이었다. T가 우리 집 앞까지 나를 데려다 줬다. 그래도 끝나지 않는 이야기에 다시 T의 집까지 함께 걸었다. 그러면서 털실을 풀 듯 못다 한 이야기를 이어갔다. 그렇게 두세 번 왕복하고 나니 골목길은 어두컴컴해졌고 이제는 진짜로 집에 돌아가야 할 시간이었다.

찬바람에 볼이 빨개진 T는 크게 기지개를 켜며 말했다.

"아, 겨울 냄새 난다!".

입에서는 뽀얀 김이 나왔다.

겨울 냄새의 정체를 꼭 알아내겠다는 듯 나도 숨을 크게 들이마셨다. 콧속이 시큰하니 장작 타는 냄새가 느껴지는 듯했다. '이게 겨울 냄새구나.' 처음으로 겨울 냄새의 존재를 확인한 날이었다. 이후 겨울이 시작되는 낌새를 달력이 아닌 냄새로 먼저 알아차리게 되었다.

계절 감각은 추억을 데려온다. 겨울 냄새는 T와 함께 수없이 오가던, 가로등 켜진 어두운 골목길을 떠올리게 한다. 나에게 겨울이 냄새로 출발해 아련한 추억을 소환했다면, 신영복 선생에게 겨울은 주홍 불빛에서 출발해 추위에 떠는 이웃을 소환한다.

누가 나에게 겨울의 가장 아름다운 색깔이 무엇이냐고 묻는다면 고민할 필요도 없이 온 세상을 깨끗하게 덮는 눈 색깔, 순백이라 답할 것이다. 하지만 선생은 '주홍 불빛'을 떠올렸다. (눈 말고는 다른 선택지를 떠올리지 못하는 나의 둔한 감수성이 부끄럽다.) 그러고 보니 연탄구멍 속 주홍 불빛이라면 내게도 떠오르는 장면이 있다.

대여섯 살 때쯤, 우리 집 네 식구는 불광동 단칸방에서 옹기종기 모여 살았다. 겨울에는 연탄을 땠다. 찬바람이 불기 시작하면 청록색 철 대문에서 미닫이 방문으로 이어지는 좁다란 통로 구석에 새까만 연탄이 케이크처럼 쌓였다. 밤이면 엄마는 빨간색 파카를 걸치고는 미닫이문을 드르륵 열고 나가 연탄보일러 뚜껑을 열고 이글거리는 연탄을 집게로 집어 위아래를 뒤집어 놓곤 했다. 그때 '새까만 연탄구멍 저쪽의 아득한 곳에서부터 초롱초롱 눈을 뜨고 세차게 살아 오르는 주홍의 불빛'을 보았다.

신영복 선생의 문장을 읽었을 때, 그때의 연탄보일러 앞에 서 있는 것처럼 세찬 열기가 느껴졌다. 수천 년의 세월이 빚어낸 연료(연탄)는 어릴 적 넉넉지 못했던 우리 가족에게 따뜻한 온기가 되어 주었다. 신영복 선생은 타오르는 연탄의 불빛이 겨울의 아름다운 색깔이라며, 색깔의 숨어있는 기능까지 꿰뚫어보았다.

'봄을 기다리는 까닭'이라는 문장에서는 벚꽃놀이가 먼저 떠오르지만, 선생은 내의 한 장으로 추위를 견디면서도 자신보다 더 열악하게 겨울을 날 누군가를 떠올렸다. 그러고는 내내 불편해했다.

몸에 걸친 옷은 자신만 데운다는 사실에 미안함을 느끼는 사람. 그 사람의 겨울은 왠지 혹한이 와도 훈훈하기만 할 것 같다.

누구나 좋아하는 계절이 있다. 수박과 물놀이를 좋아하는 사람은 여름을 애타게 기다린다. 더위를 유독 많이 타는 사람은 선선한 바람이 부는 계절을 반긴다. 자신이 태어난 계절을 사랑하는 사람도 있다. 각 계절에는 저마다의 냄새와 빛깔, 떠오르는 사람이 있다.

어떤 날은 계절에 기대어 글을 써도 좋을 것 같다. 계절 감각을 깨우면 잊고 지내던 추억이 몽글몽글 피어오른다. 추억을 거슬러 올라가면 잊고 지내던 나의 옛 얼굴과도 마주한다. 지금의 나와 같으면서도 다른 얼굴이다. 이는 글쓰기에도 훌륭한 소재가 된다.

　매년 맞는 봄이지만 작년 봄과 올해의 봄은 다르다. 그때마다 새로운 추억이 만들어지니 세월이 흐르면 또 다른 추억을 환기할 것이다. 이처럼 시절에 따라 다양한 삶의 이면을 발견하는 일, 글쓰기가 주는 선물이다.

계절의 환기가 글쓰기 소재가 됨을 알려주는
오늘의 필사 문장

나한테 묻는다면 겨울의 가장 아름다운 색깔은 불빛이라고 하겠습니다. 새까만 연탄구멍 저쪽의 아득한 곳에서부터 초롱초롱 눈을 뜨고 세차게 살아오르는 주홍의 불빛은 가히 겨울의 꽃이고 심동(深冬)의 평화입니다.

천 년도 더 묵은 검은 침묵을 깨뜨리고 서슬 푸른 불꽃을 펄럭이며 뜨겁게 불타오르는 겨울의 연탄불은, (중략)

봄은 내의와 달라서 옆사람도 따뜻이 품어줍니다. 저희들이 봄을 기다리는 까닭은 죄송하지 않고 따뜻할 수 있기 때문인지도 모릅니다.

- 사계절은 각각 어떤 추억을 떠올리게 하는가? 추억이 담긴 계절을 묘사해보자.

나는 원하지 않으면서도 정말로 원하지 않는 대로 될까 봐 불안해하고, 원하면서도 정말로 원하는 대로 될까 봐 마음 졸이고 있는 것 같았다. 카오스, 땅은 혼돈하고 흑암이 깊음 위에 있는 상태.

- 이승우, 『한 낮의 시선』 p.44

20. 복잡한 감정선 표현하기

노희경 작가의 드라마 《우리들의 블루스》를 재미있게 보았다. 여기서 재미있다는 뜻은 어떤 회는 깔깔거리며 보았고, 어떤 회는 가슴이 벅차올랐으며, 마지막 회를 볼 때는 입속에 주먹을 넣고 꺼이꺼이 오열했다는 뜻이다.

드라마는 제주도를 배경으로 그곳에 터를 잡고 살아가는 여러 인물이 회(에피소드)별로 돌아가면서 주인공이 되는 구성이다. 나는 여러 인물 중에서도 배우 차승원이 열연했던 기러기 아빠 최한수를 잊을 수 없다.

간단히 줄거리를 소개하자면, 서울의 한 은행 지점장으로 있던 한수는 미국에 있는 하나뿐인 딸의 골프 유학비를 벌려고 안간힘을 쓴다. 하지만 언제나 역부족이었다. 딸은 더 이상 성적을 내지 못하는 상태에서 계속 유학 비용만 쓰게 되니, 골프를 포기하고 한국으로 돌아오려 했다. 아빠 한수의 마음이 편할 리 없었다. 그러다 한수는 고향 제주도로 발령받는다. 그리고 그곳에서 학창 시절 자신을 짝사랑했던 은희를 만난다. 결혼도 포기한 채 억척스럽게 생선 장사를 하며 자수성가한 은희는 건물을 여럿 소유한 알아주는 부자가 되어있었다. 오랜만에 첫사랑을 만나 두근두근하는 그녀의 마음을 눈치챈 한수는 은희로부터 돈을 빌릴 결심을 한다. 급기야 은희를 유혹하기까지 한다. '아내와는 곧 이혼할 것 같다'며 단둘이 여행을 떠나자 한 것이다.

여기까지만 보면 한수는 영락없이 파렴치한이다. 하지만 작가의 대본 덕인지, 프로듀서의 연출 덕인지, 차승원의 빼어난 연기 덕인지, 나는 은희와 한수 두 사람 모두에게 공평하게 감정을 이입했다. 옆에서 함께 드라마를 보던 남편은 5분에 한 번씩 자아 분열하는 내 모습을 보고 혀를 내둘렀다.

"어떡해, 은희 너무 불쌍해. 사람 마음 가지고 장난치는 거잖아. 한수 자식 완전 쓰레기네." "오죽하면 저럴까, 한수도 사정이 너무 딱하다 그치?" "내가 은희라면 진짜 충격받을 듯. 저, 저 못된 놈." "만약 자기가 한수라면 어떻게 했을 거 같아? 가족과 친구 사이에서 얼마나 괴로울까. 아무래도 가족이 우선이겠지?"

은희의 입장은 당연하거니와 한수의 심정 또한 이해 못

할 바는 아니었다. 극 중 한수는 친구를 속이면서 굉장히 괴로워한다. 그 모습이 배우의 표정, 말투, 대사, 행동으로 정확하고 알뜰하게 표현된다. 가족을 지켜야 한다는 가장의 책임감, 친구를 향한 미안함, 자신에 대한 환멸이 혼란스럽게 뒤섞인 모습이 시청자를 극에 완전히 몰입하게 했다.

아군과 적이 극명해서 열렬히 한 쪽을 응원했다면 이야기가 좀 더 흥미로웠을까. 오히려 현실적이지 않았을 것이다. 좋으면서도 싫고, 신이 나면서도 마음 한 편이 불안한, 감동적인데 슬퍼지는 불가해한 감정의 복잡성을 우리는 너무나 잘 안다. 어쩌면 장날의 시장통처럼 복작거리는 감정들 속에서 내가 진짜로 원하는 것이 무엇인지 찾으려고 애쓰는 일이 평범한 일상인지도 모른다.

내게도 감정의 복잡성을 통렬하게 느꼈던 경험이 있다. 내 이름을 달고 나온 첫 책『오늘 서강대교가 무너지면 좋겠다』가 서점 매대에 깔렸을 때다. 13년 동안 방송작가를 하면서 울고 웃었던 이야기를 쓴 에세이였다. 처음이 그렇듯 나는 벌벌 떨고 있었다. 문체는 경쾌했지만 인생의 절반을 담은 만큼 나에게는 무거운 책이었다. 책을 쓰는 동안 자주 괴로웠고 즐거움은 잠시였다. 두 얼굴의 야누스 같은 조울은 출간 직후 정점으로 치솟았다.

많은 사람이 읽어주길 바랐다. 방송쟁이들에게는 공감을, 쳇바퀴를 도는 직장인에게는 웃음과 위로를 전하고 싶었다. 한편으로는 그 책이 너무 유명해질까 봐 두렵기도 했다. '내가 아는 PD나 작가가 읽으면 어쩌지?' '방송계의 내부고발자라고 생각하면 어쩌지?' '일개 교양 프로그램 작가가 방송이 어떻다는 둥 말할 자격이 있는 걸까'.

방송계 사람들만 알만한 방송 제작의 부정적인 면을 적나라하게 보여주는 에피소드도 꽤 있었다. 괜스레 불안했다. 그러나 참으로 쓸데없는 걱정이었다는 사실은 한 달도 채 안 돼 깨달았다. 책이 매대에서 치워지고 있었다. 하루가 다르게 판매 지수가 뚝뚝 떨어졌고, 베스트셀러가 되길 원하면서도 정말로 원하는 대로 될까 봐 졸였던 마음은 베스트셀러가 되길 원하지 않으면서도 정말로 되지 않을까 봐 불안해하는 쪽으로 무게 추가 기울었다.

지금 생각하면 우습지만 당시에는 혼란한 마음에 잠자리

를 뒤척일 정도였다. 얼마 후 나의 복잡한 감정은 불행인지 다행인지 한 단어로 정리됐다. 그것은 바로 '처절함'이었다. '저기요, 여기 제가 쓴 책이 있으니 좀 읽어보시라고요, 장담컨대 재미있을 걸요!'

오늘의 필사 문장은 인간이라면 누구나 느끼는 모순적인 감정을 한 문장으로 정리했다. 이어서 창세기의 한 구절("카오스, 땅은 혼돈하고 흑암이 깊음 위에 있는 상태")을 인용한 메타포는 감정의 무게를 느끼도록 했다.

감정은 사과와 달라서 반으로 딱 쪼개지지 않는다. 오히려 밀물과 썰물에 따라 달라지는 해안선처럼 수시로 변한다. 같이 있다가도 혼자 있고 싶고, 죽고 싶지만 떡볶이가 먹고 싶은 게 사람 마음 아닌가.

이승우 작가의 소설 『한 낮의 시선』에서 주인공은 자신의 결핍이었던 아버지를 애타게 만나고 싶어하면서 동시에 만나고 싶어하지 않는다. 그가 왜 이토록 혼란스러운 감정을 겪는지는 소설을 읽어보면 저절로 수긍이 간다. 이처럼 소설은 복잡한 감정을 독자에게 설득하는 예술이다.

원하면서도 원하지 않는, 미묘한 감정의 결을 알아차리는 섬세함은 글 쓰는 사람에게 꼭 필요한 자질이다. '정서적 복잡성'은 성공한 스토리텔링의 핵심이기도 하다. 행복한 순간에 들이닥치는 아주 작은 슬픔까지도 놓치지 않고 표현해야 한다. 그 시작은 내 감정에 귀를 기울이는 연습이다.

복잡한 감정선을 무게 있게 표현하는
오늘의 필사 문장

나는 원하지 않으면서도 정말로 원하지 않는 대로 될까 봐
불안해하고, 원하면서도 정말로 원하는 대로 될까 봐 마음
졸이고 있는 것 같았다. 카오스, 땅은 혼돈하고 흑암이 깊음
위에 있는 상태.

**- 지금 나를 지배하는 모순적인 감정에는 어떤 것이 있을까? 모순
을 이용해 복잡한 내 마음을 표현해보자.**

나는 도너츠를 입에다 꾸역꾸역 집어넣는다. 옅은 커피는 뜨겁고, 건포도는 부드럽고 달콤하다. 기름과 설탕맛이 나, 나는 또 울고 싶어졌다. (p.89)

블라인드 사이로 새어드는 아침 햇살이 카펫 위로 밝은 줄무늬를 그리고, 물은 사락사락 맛있는 소리를 내며 흙으로 빨려 들어간다. (p.14)

- 에쿠니 가오리, 『반짝반짝 빛나는』

21. 여행자처럼 낯설게 바라보기

첫 유럽 여행지로 스페인을 선택했다. 해외여행 경험이 많은 친한 친구가 언젠가 '너는 스페인을 좋아할 것 같아'라고 했는데 그 말이 오랫동안 가슴에 남아있었던것 같다. 해외에 혼자 나가는 일은 처음이라 무사히 집에만 돌아와도 성공이라 생각했다. 그런데 그곳에서 평생을 함께할 반려자까지 만났으니 스페인은 나에게 인생의 전환지가 됐다.

첫 날, 바르셀로나 람블라 거리로 나섰을 때 눈앞에 들어온 풍경은 아직도 생생하다. 새벽 사이 이슬비가 내렸는지 바닥은 반짝반짝 윤이 났고 거리 양쪽으로는 상점들이 하나둘 문을 열고 있었다. 시리게 파란 하늘 아래로 낮게 떠 있는 뭉게구름, 마치 동화책 속으로 걸어 들어간 기분이었다. 바람결에 흔들리는 플라타너스 가로수 잎의 진동까지. 내 몸, 세포 하나하나에 파문이 일었다.

설렘도 잠시, 마음이 다급해졌다. 여행은 2주 안에 스페인 바르셀로나-그라나다-세비야-론다-마드리드를 거쳐, 포르투

갈의 리스본-포르투까지 돌아보는 일정이었다(과연, 여행 초보답다). 충분히 보고 느낄 여유가 없는 스케줄이었다.

구엘 공원, 사그라다 파밀리아 성당, 몬주익 분수 등 '꼭 봐야 한다'라는 관광지들을 숨 가쁘게 돌아다녔다. 마주치는 모든 순간이 화려한 보석 같았다. 이토록 아름답고 매력적인 도시 바르셀로나를 며칠 후면 떠나야 한다니 초조함이 밀려왔다. 바르셀로나에만 2주 동안 머물러도 좋겠다는 뒤늦은 후회가 들었다. 쫄보인 나는 미리 숙소와 차편, 주요 관광지 패스까지 모두 예약해뒀다. 취소하게 되면 어마어마한 수수료를 물어야 했다.

바르셀로나를 떠나기 이틀 전이었다. 한인 호스텔 주인의 푸념 섞인 소리가 귀에 들어왔다. "한국인 스텝이 있어, 일을 좀 도와주면 좋을 텐데." 나는 '이게 웬 떡이냐!' 싶어 덥석 미끼를 물었다. "그거, 제가 해도 될까요?"

2주간 계획했던 여행을 하고 다시 바르셀로나로 돌아왔다. 마치 내 집으로 돌아온 기분이었다. 숙식을 제공받는 조건으로 호스텔 단기 스텝으로 일하게 됐다. 투숙객들의 체크인을 돕고 침대 시트를 정리했다. 호스텔 주인에게 배운 간단한 카탈루냐식 조식을 차려내기도 했다. 오후에는 자유 시간이 주어졌다. 여행비자 최대 기간인 3개월을 채워 바르셀로나를 누렸다.

여행자에서 현지인(?)으로 신분이 바뀌자 보이지 않던 것들이 보이기 시작했다. 알록달록 빛나는 관광지나 유적지가 아닌 그들의 평범한 일상으로 초대되었다.

가우디의 건축물도 감동적이지만, 지금 다시 바르셀로나를 떠올릴 때 설레는 건 이런 것이다. 카탈루냐 박물관 뒤쪽에 아는 사람만 다니는 비밀스러운 산책길, 기왓장으로 깔숏(대파구이)을 구울 때 피어오르던 연기, 홀드를 박아 개조한 터널 안에서 했던 클라이밍(그곳에서 마드리드 출신 클라이머 친구를 만나기도 했다), 마트에서 산 깔라마리와 감바스를 넣어 만든 빠에야, 감기에 호되게 걸려 고생했을 때 민트를 넣어 먹은 뜨끈한 쌀국수 국물, 볕이 좋은 오후 바르셀로네타 해변에 누워 낮잠을 잔 일, 그때 불어오던 바람의 부드러운 촉감. 화려한 보석이라기보다는 화분 위에 놓인 작은 조약돌에 가까웠다.

오늘의 필사문은 여행지에서 잠시 현지인으로 살아보는 듯한 새로운 시선이 느껴지는 문장이다. 실제로 에쿠니 가오리는 한 언론 인터뷰에서 "소설 읽기는 하나의 여행이에요. 마치 여행을 떠나 자기가 사는 곳과 다른 공간으로 가보고, 그곳의 공기를 마시면서 다른 체험을 해보는 것과 같습니다"라고 밝혔다(조선일보 기사).

글은 표현의 결과이자 사고의 과정이다. 글을 읽고 따라 쓰면 작가가 보고 듣고 느낀 것을 그대로 체험한다. 잠시라도 그 사람이 된다.

에쿠니 가오리는 소소한 일상을 낯설게 담아내는 재주가 있다. 조울증을 앓는 주인공의 혼란스러운 마음을 보여주는 글귀에 이상하게 공감이 갔다. '옅은 커피가 뜨겁고 도너츠에 기름과 설탕 맛이 난다고 울 일인가?' 곰곰이 생각해보면, 울 일이 맞다. 내가 우울하다고 '결정'해버리는 순간, 어떤 달달한 디저트도 위로가 되지 않는다. 오히려 달달해서 더 눈물이 난다.

일상에서 느끼는 수많은 감정에 너무 익숙한 나머지, 글로 표현할 정도의 감응을 느끼지 못할 때가 많다. 하지만 섬세한 촉수를 가진 작가는 매일 반복되는 일상을 여행자의 시선으로 본다. 카펫 위로 들어온 햇살의 줄무늬를 발견하고, 갈증을 느끼는 식물의 소리를 듣는다.

남이 쓴 글을 읽는 건 떠나고 싶은 욕망의 발현이다. 나라는 육체에 묶인 한계에서 벗어나 다른 세계를 살아보고 싶은 충동. 큰 범주에서는 여행이지만 결국에는 또 다른 일상이 아닐까. 매일 겪는 일상이라도 여행지에 온 것처럼 낯설게 바라보는 일. 우리가 놓치고 있는 글쓰기의 비밀인지도 모른다.

일상 속 평범한 풍경을 여행자처럼 낯설게 바라보는 오늘의 필사 문장

나는 도너츠를 입에다 꾸역꾸역 집어넣는다. 옅은 커피는 뜨겁고, 건포도는 부드럽고 달콤하다. 기름과 설탕맛이 나, 나는 또 울고 싶어졌다.

블라인드 사이로 새어드는 아침 햇살이 카펫 위로 밝은 줄무늬를 그리고, 물은 사락사락 맛있는 소리를 내며 흙으로 빨려 들어간다.

– 하루 정도 휴가를 내어 보자. 출근 인파로 가득한 어느 교차로 근처 카페에서 커피 한 잔을 하며 사람을 관찰하고 글로 써보자.

나무는 추운 겨울에
옷을 벗는다.

훌훌 옷을 벗어
언 땅을 덮어준다.

땅속엔 그의 뿌리가 살고 있다.

당신은 한 번이라도 뿌리를 덮어준 적이 있나요?
옷을 벗어 아버지를 덮어준 적 있나요?

- 정철, 『영감달력』 11월 4일

22. 반전으로 감동을 주는 글쓰기

이제 인생의 절반 정도는 걸어왔을까. 나이를 먹으면서 자연스럽게 '자연스러움'을 추구하게 됐다. 인위적인 향이 싫어 거실의 디퓨저도 치웠다. 특별한 날이 아니면 향수도 잘 뿌리지 않는다. 갖은 양념으로 버무린 음식보다는 재료 본연의 맛을 살린 음식이 더 끌린다. 나 역시 자연의 일부라는 사실을 인지했기 때문인지도 모른다.

딸은 결국 엄마를 닮는다고 했던가. 좁은 거실을 온통 식물로 채우는 친정엄마를 타박하던 내가 신혼집에 들어가자마자 화분을 들이기 시작했다. 거실 베란다 창가에는 벵갈고무나무, 유주나무, 망고스틴, 몬스테라, 콩고, 이름 모를 선인장과 다육이들이 자리를 잡았다. 창문 위로는 수염 틸란드시아가 커튼처럼 드리웠다.

식물을 키우면서 자주 감탄한다. 끈질긴 생명력도 놀랍지만, 사람 사이에만 존재한다고 믿었던 '관계'를 식물에게서도 발견한다. 식물을 잘 키우려면 꾸준한 관심은 물론이고 기억력도 좋아야 한다. 품종에 따라 물 주는 주기가 달라 이를 잘 기억해야 한다. 사람에 따라 필요한 관심의 양이 다른 것과 비슷하다. 잘 키워보고 싶은 욕심에 물이나 비료를 너무 자주 주거나 영양제를 과하게 주면 병이 든다. 지나친 관심으로 상대를 통제하려 들면 관계에 병이 드는 것처럼.

자연의 일부인 나는 글쓰기 영감이 필요할 때 자연을 돌아본다. 자연과 우리는 꼭 닮았다. 오늘의 필사 문장도 식물에서 영감을 얻었다. 내가 식물의 물 주기를 보고 인간관계를 떠올리듯, 정철 작가는 나무뿌리를 덮은 낙엽을 보고 아버지를 떠올렸다.

길가에 늘어선 가로수의 옷차림으로 계절의 깊이를 가늠하곤 한다. 봄이 오면, 연두색 여린 잎이 어김없이 딱딱한 가지를 뚫고 돋아난다. 상큼함을 미처 다 누리기도 전에 진초록 다발이 우거진 여름이 온다. 녹음에 익숙해질 때쯤이면 빨갛게 노랗게 화려한 옷으로 다시 갈아입는다. 그러다 찬바람이 불면 잎을 떨구고 헐벗고 만다.

발길에 채이는 낙엽이 때로는 아쉬웠고 때로는 성가셨다.

올해가 또 이렇게 저무는구나, 하는 허탈함이 싫어 지저분한 것들을 빨리 치워줬으면 했다. 생을 다한 잎이 바닥으로 떨어지는 데 까닭은 없다. 그야말로 자연의 순리다.

떨어진 낙엽은 으스러지고 분해되어 다시 나무를 길러 내는 거름이 된다. 뿌리는 거름으로 비옥해진 땅속 양분을 부지런히 빨아들여 다시 새순을 밀어내도록 애쓸 것이다. 그런데 여기에 반전이 숨어있다. 나무는 아들이고, 뿌리는 아버지였다. 뿌리는 나무 자신의 발이 아니었다. 혼자 힘으로 자란 줄 알았지만 아버지가 늘 거기에 버티고 있었다. 땅이 꽁꽁 언 한겨울에도 자식을 위해 양분을 힘껏 끌어당기며 일하고 있었다. 나무인 자식은 아버지를 보살핀다. 추운 겨울에도 홀홀 옷을 벗어 아비를 따뜻하게 덮어준다.

문장을 필사하며 나의 뿌리와 동고동락하던 30여 년을 되돌아봤다. 피곤에 지쳐 잠이 든 아버지에게 내 옷을, 이불을 한 번이라도 덮어준 적이 있던가. 가슴 한구석이 서늘해졌다. 사실은 아버지가 내 뿌리였다는 사실조차 잊고 살았다.

읽는 이의 마음을 뭉클하게 만드는 문장은 크고 작은 반전을 숨기고 있다. 아무 생각 없이 걷다가 놀라서 뒤를 돌아보게 한다. 충격, 깨달음, 성찰로 이어져 독자를 흔들고 변하게 한다. 생각이 숙성한 노련한 작가만이 구현하는 기술이다.

반전이 있는 글에는 구성이 들어간다. 우연히 나오는 것이 아니라 설계가 필요하다. 익숙한 전개를 통해 독자가 '그 다음에는 당연히 이런 내용이 나오겠지' 예측하도록 유도한다. 인산의 보편적인 감정이나 반응을(어떻게 보면 고정관념을) 활용하는 것이다. 그렇게 마음을 놓았을 때 예상치 못한 방향으로 이야기를 튼다. 허점을 노린다.

뿌리는 나무의 일부이기 때문에 그것을 분리해서 생각하기 어렵다. 하지만 작가는 자식과 아버지로 분리해서 반전을 숨겼다.

첫인상은 말수가 적고 부끄러움이 많아 보였는데 알고 보니 수십 가지 대외활동을 하는 '취미 부자'라면 그 사람을 다시 보게 된다. 늘 무표정이라 무뚝뚝한 사람인 줄 알았는데 꼬리를 살랑거리는 강아지를 보고 잇몸이 만개하는 모습을 보면 매력이 상승한다. 글도 마찬가지가 아닐까. 뻔한 전개와 결말이 아닌, 예상치 못한 반전을 숨긴 글을 독자는 잊지 못한다. 그것이 가벼운 재미가 아닌 묵직한 감동을 준다면 더욱 그렇다. 그런 문장을 만나면 필사 노트에 기록해둔다. 차곡차곡 수집해둔다. 반전에 당하며 서늘해지는 순간을 기꺼이 즐긴다.

반전의 묘미가 무엇인지 보여주는

오늘의 필사 문장

나무는 추운 겨울에

옷을 벗는다.

홀홀 옷을 벗어

언 땅을 덮어준다.

땅속엔 그의 뿌리가 살고 있다.

당신은 한 번이라도 뿌리를 덮어준 적이 있나요?

옷을 벗어 아버지를 덮어준 적 있나요?

- 충격-깨달음-성찰로 이어지는 숨 막히는 반전 글을 써보자. 자
연에서 힌트를 얻어도 좋다.

"이건 힘줄인데 네 몸에도 있지만 예쁜 살 속에 숨어서 안 보이는 거야. 주사 맞을 때나 필요한 건데 아이들은 주사 맞기 싫어하잖아. 그래서 꼭꼭 숨어 있는데 늙으면 주사 맞을 일도 자주 생기고, 주사 맞는 걸 좋아하니까 자꾸 겉으로 나오나봐."

-박완서, 『호미』 p.116

23. 어린아이의 시선으로 바라보기

때로는 에세이를 읽다가 너무 감정이입을 한 나머지, 화가 나거나 부끄러워질 때가 있다. 꾸며낸 이야기라면 덜 할 텐데 실제로 있었던 일을 쓰는 것이 에세이다 보니, 작가의 생생한 묘사만으로도 마치 현장을 엿보는 것 같다.

박완서 작가의 에세이집 『호미』에서도 그런 장면이 있었다. '운수 안 좋은 날'이란 제목의 글에서 발췌한 오늘의 필사 문장은 작가가 지하철에서 만난 꼬마와 장난스러운 대화를 주고받는 장면이다.

매끈한 자신의 손등과 달리, 할머니 손등에 도드라진 혈관이 아이 눈에는 신기한 모양이다. 그러고 보니 나도 어릴 적, 엄마의 툭 불거진 손등의 핏줄을 보고 왜 그런지 궁금해했던 것 같다.

아이 눈높이로 설명해주는 대화 장면을 읽다가 배시시 미소가 번진다. 자애롭고 지혜로운 답변이다. 만약 꼬마가 나에게 똑같이 물었다면 뭐라고 답했을까. "늙으면 피부가 얇

아져서 그렇단다. 너도 나이가 들면 핏줄이 튀어나온단다." 정도이지 않을까. 내가 생각해도 상상력이 부족한 어른의 답변이다.

그런데 대화 이후 전개(필사 문장 뒤로 이어지는 글에서)는 아기자기한 분위기를 깬다. 작가와 이야기를 나누던 꼬마 숙녀, 그의 젊은 엄마는 모르는 사람(작가)이 자꾸 딸에게 이상한 말을 하자 이를 수상히 여기며 화를 낸다. 그리고는 아이를 잡아채듯 끌어 전철에서 내린다. 마침 작가 또한 같은 역에 내려야 했는데 민망함에 발이 떨어지지 않았다고 했다.

여기까지 읽고는 얼굴이 화끈거리며 서러운 기분이 들었다. 누구나 살다 보면 의도치 않게 오해를 받는 일을 한 번쯤은 겪는다. 그나마 해명할 기회라도 있으면 다행이다. 하지만 해명을 하기에도 궁색한 상황 아닌가. 낯선 사람을 경계할 수밖에 없는 안타까운 세태, 동심 어린 대화를 의심쩍게 취급하는 팍팍한 현실이 짧은 에세이에서 고스란히 전해졌다.

작가의 글감이 된 에피소드는 '어른의 글쓰기'를 돌아보게 한다. 이미 어른인 우리는 너무 어른의 입장으로만 그동안 글을 써온 건 아닐까. 이미 다 안다고 생각하고 섣불리 단정한다. 새로운 발상을 고민하기 보다는 옳고 그름을 따지기에만 급급하다. 그래야 글을 쓸 수 있다고 믿는다. 하지만 문제 해결에만 집중한 글은 재미가 없다. 앞에서 한 번 얘기한 것처럼 너무 '착하기만 한 글'이 된다.

오늘의 필사 문장은 때로는 어린아이의 시선으로 세상을 보라고 넌지시 일러준다. 동심을 잘 간직했다면 박완서 작가처럼 혈관을 마치 제 의지대로 숨기기도 하고 겉으로 드러내기도 하는, 살아있는 존재처럼 표현할 수 있다. 상상력의 힘이다.

'전지적 어린이 시점'을 공부하기 좋은 책을 소개한다. 김소영의『어린이라는 세계』는 내가 아끼는 책 중 하나다. 독서교실 선생인 저자가 그동안 만난 아이들과의 에피소드를 풀어놓는데, 그 속에 등장하는 아이들의 천진한 상상력에 감탄하며 입꼬리가 아프도록 미소를 지으며 읽었던 기억이 난다.

책에 등장하는 한 어린이는 자기가 먹어본 나물의 이름을 떠올리다가 이렇게 말한다. "드래곤나물인가 그랬어요. 맞아요, 드래곤 나물. 조금 용처럼 생겼어요." 나물의 정체는 '곤

드레나물'이었다. 무엇이든 생경한 어린이(혹은 어린이의 시선을 지닌 어른)에게는 평범한 나물도, 손등의 혈관도 상상력을 부풀리는 소재가 된다.

아이의 시선으로 사물을 보고자 한다면, 실제로 어린이처럼 키를 낮추어보는 것도 하나의 방법이다. 매일 앉는 식탁 의자 대신에 주방 바닥에 털썩 주저앉아보자. 주변 환경이 색다르게 보인다. 늘 보이던 납작한 식탁 상판이 아니라 식탁 다리에 새겨진 무늬가 눈에 들어온다. 허리춤 높이였던 화분 식물을 아래에서 올려다보면 높다란 야자수처럼도 느껴진다. 마치 나만 엄지공주가 되어 세상이 거대해진 거 같다. 이런 낯선 기분이 상상력을 부채질한다. 당연하다고 믿었던 것을 뒤집어보게 한다.

어린 아이의 시선으로 글을 쓴다는 것은 독자에게 친절하게 설명한다는 의미도 포함한다. 허세가 들어간 단어를 걷어내는 작업이다(어린이에게 허세가 통할 리 없다). 어휘 수준을 떨어뜨리라는 뜻이 아니다. '높이다'를 '제고하다'로, '멈추다'를 '정차하다'로, '빨리'를 '조속히'라고 굳이 쓸 필요가 없다는 뜻이다. 어른의 글에는 유독 한자어가 많다. 폼 잡고 싶어하는 욕망이다. '내 글이 똥폼을 잡고 있구나'하는 것을 알아차리는 눈치도 어린아이 눈으로 볼 때 생긴다.

성인이 된 뒤에 자신이 다녔던 초등학교에 찾아가본 사람이라면 한 번쯤 느껴봤을 것 같다. 어릴 때는 광활해 보이던 초등학교 운동장이 축소 공사를 한 것이 아닐까 의심이 될 정도로 아담해 보인다. 세상은 그대로인데 내가 커진 것이다. 내가 커진 만큼 세상은 작아졌고 상상력의 크기도 그만큼 작아졌다. 그러니 한 번쯤 몸을 작게 웅크려보는 건 어떨까.

어른도 상상력을 잃지 않으면 박완서 작가처럼 창의적이고 웃음 짓게 하는 글을 쓸 수 있다. 희망적인 것은 우리는 누구나 어린아이였다는 것이다.

상상력이 풍부한 어린 아이의 시선이 담긴
오늘의 필사 문장

"이건 힘줄인데 네 몸에도 있지만 예쁜 살 속에 숨어서 안 보이는 거야. 주사 맞을 때나 필요한 건데 아이들은 주사 맞기 싫어하잖아. 그래서 꼭꼭 숨어 있는데 늙으면 주사 맞을 일도 자주 생기고, 주사 맞는 걸 좋아하니까 자꾸 겉으로 나오나봐."

– 어린이의 시선으로 글을 써보자. 어린이로 돌아가는 순간, 상상의 날개가 펼쳐지고 평소와 다른 글이 나온다.

목욕할 때에 생겨나는 비누 거품과 땀과 때, 그리고 기름기가 있는 물을 보면, 너는 역겨워 하지만, 인생의 모든 부분과 인생에서 만나는 모든 것들이 그런 것들이다.

- 마르쿠스 아우렐리우스, 『명상록』, p. 158

24. 보이지 않는 것을 통찰하는 법

내가 어릴 적만 해도 주기적인 목욕탕 방문은 서민들의 평범한 루틴이자 문화였다. 적어도 한 달에 한두 번은 엄마에게 손목을 붙잡혀 억척스럽게 때를 밀곤 했다. 목욕을 마치고 나면 얼굴은 상기되고, 몸은 얼얼하고, 열 손가락이 건포도처럼 쪼글쪼글했다.

중학생이 되어서는 동네 친구들과 목욕탕엘 자주 갔다. 냉탕을 더 좋아할 나이였지만, 추운 건 질색이라 주로 온탕에 자리 잡았다. 뜨끈한 탕에 몸을 푹 담갔다 나오면 이태리타월을 살짝만 문질러도 국수 같은 때가 끊임없이 '생산'됐다. 친구와 서로 번갈아 등을 밀어주며 '네 등이 넓어서 내가 더 손해'라는 둥 실없는 농담을 했다.

대학에 다니던 2000년대 초반에는 찜질방이 유행처럼 번졌다. 단돈 만 원이면 종일 몸을 지지며 피로를 풀었다. 술을 먹다가 차가 끊기면 택시비를 아끼려 찜질방부터 찾기도 했다. 지갑이 얇은 젊은 연인들은 찜질방 데이트를 즐기기도 했다. 수건으로 '양 머리'를 만들어 머리에 쓰고 삶은 달걀과 식혜를 먹었다.

따뜻하고 쾌적한 화장실이 각 가정에 보급되고 욕조가 흔해지면서 목욕은 전보다 개인적이고 은밀한 행위가 되었다. 이제는 남의 때를 볼 일도 없다. 대신 내 몸에서 나온 때를 좀 더 적나라하게 마주한다. 집에서 목욕 후 뒷정리를 할 때면 머리카락과 비누 거품 사이에 엉겨 붙은 때를 보지 않을 수 없다. 내 몸에서 나온 것이지만 불결한 기분이 들어 시선을 피하게 된다. 함부로 만지기도 그래서 휴지를 뜯어 겨우 화장실 바닥이나 수챗구멍 위를 훔치고 나온다.

로마 황제 마르쿠스 아우렐리우스는 목욕할 때 나오는 각종 부유물은 모두 네 인생의 것이라고 했다. '비누 거품과 땀과 때, 그리고 기름기가 있는 물.' 일부도 아닌 '모든 것'이라고 했다.

순서를 따져보자면 땀이 가장 먼저 배출된다. 땀은 노동이다. 밥벌이하고 살려면 몸을 쓰든 머리를 쓰든 노동을 해야 한다. 새들도 자기 힘을 들여 집을 짓고 먹이를 구한다.

노동은 신성하거나 위대한 행위가 아니다. 반대로 천박하거나 하찮은 것도 아니다. 모든 생명의 생존 유지 활동이다.

때는 몸에서 탈락하는 각질과 피지, 외부로부터 붙은 먼지 등이 땀과 반죽된 물질이다. 때와 함께 사는 것 역시 숙명이다. 모든 유기체는 세포의 생성과 탈락을 죽을 때까지 반복한다. 나무는 오래된 잎을 떨구고 그 자리에 새잎을 올린다. 인간은 시시때때로 보이지 않는 때를 떨어뜨리거나 작정하고 밀어버린다. 밀려 나온 때는 과거의 나다. 사는 동안 끊임없이 나를 잃고 새로운 나를 얻는다.

땀과 때를 씻어내는 비누 거품은 허위다. 땀과 때를 더럽다 여기고 향으로 씻어내는 동물은 인간뿐이다. 자신(동물)의 체취를 제거하고 인공의 향기로 포장한다. 그게 나인 양 착각한다. 더 좋은 옷을 입고, 더 비싼 차를 타면 자신의 가치가 올라간다고 느끼는 것과 같다. 향기로운 비누 거품으로 샤워하고 나온 직후의 모습이 본래의 내 모습이고, 그것이 영원하리라 믿는다. 하지만 거품은 결국 사그라지다가 사라지기 마련이다.

기름기가 있는 물은 땀과 때를 비누 거품으로 씻어냈을

때 떠오른다. 아무리 비누로 감추려고 해도 소용없다는 듯 본질은 사라지지 않는다. 이처럼 진실과 허위가 뒤범벅되는 것이 목욕이다.

목욕탕을 마지막으로 간 게 언제인지 떠올려보았다. 설인 지 추석인지 모를 어느 해 명절 전날이었다. 시어머니를 제 외한 시댁 식구와 함께 갔다. 구순을 앞둔 시할머니(작은 소리 도 들을 만큼 정정하셨다)도 동행하셨다. 전을 부치느라 피곤했 을 며느리에게 피로를 풀고 오라며 뒷정리를 맡은 시어머니 의 배려 덕분이었다. 목욕탕에 들어가 각자 몸을 불리고 때 를 밀었다.

명절에 서너 번 보았던 어색한 시할머니와 마냥 어리지만 은 않은 손주며느리가 나란히 앉아 때를 미는 기이한 광경이 펼쳐졌다. 가슴 속에서 이상한 용기가 불쑥 솟아 할머니께 이렇게 말했다.

"뒤돌아보세요. 제가 등 밀어 드릴게요."

할머니는 연거푸 괜찮다 말리셨다. 하지만 나의 고집에 어느새 하얗고 조그만 등을 돌리셨다. 나는 엄마와 목욕탕에

다니던 어릴 적 추억도 생각나 조금은 신이 나서 야무지게 등을 밀었다. 까칠한 핑크 이태리타월을 끼운 손으로 어깨까지 힘을 줘서 빡빡 문질렀다.

그런데 이상하게도 때가 거의 나오지 않았다. 뽀얗고 작은 등은 벌게질 뿐 별 소득이 없었다. 유기체의 흔적이 서서히 사그라들던 것일까. 할머니는 그 후로 일 년쯤 더 살다가 하늘나라로 가셨다.

오늘의 필사 문장을 쓴 마르쿠스 아우렐리우스는 우리 삶에서 만나는 모든 것을 땀과 때, 비누 거품, 기름기가 있는 물로 요약했다. 인생의 본질을 꿰뚫어 봤다. 자연을 거부하고 허위로 얼룩진 인간사를 비판했다. 마치 개안수술을 마치고 얼굴에서 붕대를 벗겨 내듯 숨어있던 진실과 마주하게 했다.

눈에 보이는 것을 묘사하는 재주는 누구나 훈련하면 는다. 하지만 보이지 않는 것을 통찰하는 일은 보다 고차원적인 능력이다. 그 능력은 부지런한 사유에서 온다. 숨 쉬듯 책을 읽고 밥 먹듯 글을 쓰며, 당연한 것에 의심을 품는 자만이 얻게 되는 보상이다.

마르쿠스가 인생의 모든 것을 세 가지로 요약하듯, 내 삶의 중요한 가치를 되짚어 보는 것은 어떨까. 본질을 꿰뚫는 눈을 갖게 되면 사소한 것에 집착하지 않게 된다. 그리고 넓은 가슴을 갖게 된다. 사는 일이 단순 명쾌하고 가벼워진다. 그런 삶을 살고 싶어 글을 쓰기도 한다.

인생의 통찰이 무엇인지 알려주는
오늘의 필사 문장

목욕할 때에 생겨나는 비누 거품과 땀과 때, 그리고 기름기가 있는 물을 보면, 너는 역겨워 하지만, 인생의 모든 부분과 인생에서 만나는 모든 것들이 그런 것들이다.

– 마르쿠스처럼, 인생을 표현하는 나의 세 가지를 찾아보자. 어렵다면 일과 사랑, 용기와 자유, 헌신의 본질이 무엇인지 생각해보자.

"시는 물과 같아. 지구가 물을 품고 있지 않다면 숲이 존재할 수도 없고 땅이 단단하게 굳어 있을 수도 없고 바다를 유지할 수도 없겠지. 네가 시를 품고 있다면 네 몸 안에 푸른 행성 하나가 들어 있는 거지. 그 행성이 하나의 물방울일 수도 있고, 한 줄의 시일 수도 있고."

- 림태주, 『그리움의 문장들』, p. 171

25. 틀에서 벗어나 쓰기

여행지에 가면 일부러 시간을 내어 동네 책방에 들르곤 한다. 대형 서점과 다르게 서점 주인의 취향이 묻어난 매대를 구경하는 재미가 쏠쏠하다. 여행을 간 지역과 관련된 책도 있고, 그즈음 이슈가 되는 사회 문제와 관련된 책도 있다. 그러다 흥미가 생기는 책을 만나기도 한다.

책방에서 나설 때는 주로 시집 한 권을 산다. 평소에는 읽어야 할 책에 밀려 시집 살 기회가 잘 생기지 않는데 여행을 빌미로 한 권을 보태는 것이다. 또 다른 이유는 부피감 때문이기도 하다. 여행 갈 때마다 읽을 책을 한 권씩 챙겼는데 막상 돌아다니다 보면 짐이 된다. 진득이 앉아 펼쳐 보기도 쉽지 않다. 그래서 빈손으로 가서 그곳에서 얇은 책을 사는 것이 나만의 방법이다. 시집이라면 작은 가방에 쏙 넣어 들고 다니기도 편하다. 카페에서 꺼내 읽기도 좋다. 짧은 시간이지만 농밀한 독서가 된다.

작가라 불리는 일을 여러 해 동안 하고 있지만, 시를 자주 읽는 사람은 아니었다. 내가 읽는 책은 주로 업무(집필과 강의)와 관련된 것이 많았다. 시간이 날 때는 주로 소설을 집었다. 소설을 읽는 건 가벼운 놀이처럼 여겨지지만 시는 왠지 그러면 안 될 것 같았다. 그래서 분량은 적어도 손을 뻗기까지 부담이 컸다. 신성한 마음. 그래, 왠지 신성한 마음으로 읽어야 하는데 일상과는 거리가 먼 마음이니까.

제주 구좌읍에 있는 '소심한 책방'에서 허은실 시인의 시집 『나는 잠깐 설웁다』를 골랐다. 예전에 즐겨 듣던 팟캐스트의 오프닝 멘트가 그녀의 글이었다. 그녀의 멘트는 촉촉한 감성의 단어들로 언제나 나를 설레게 했다.

하지만 이번 시집의 시는 또 다른 의미에서 날 흔들었다. 곰팡이, 담뱃재, 헛바닥 등의 시어가 구현하는 세계는 어둡고 축축했다. 특히 〈무인 택배 보관함 옆에는〉이라는 제목의 시를 읽었을 때는 종각역 무인 택배 보관함 옆에 서 있는 듯한 착각이 들었다. 택배 보관함 아래 상자를 이불처럼 덮은 노숙자의 오줌 지린내가 바로 옆에서 풍기는 것 같았다. 싱그러운 초록의 제주에서, 그렇게 나는 한순간 잿빛의 서울

구도심으로 '순간이동' 해버렸다.

도대체 시는 어떤 사람이 쓰는 것일까. 박연준 시인은 '태어나 처음 십여 년을 사는 동안 우리는 누구나 시인으로 산다'고 했다. 하지만 나는 시를 읽을 때면 시인은 아무래도 인간이 아닌 거 같다는 생각이 든다. 정제된 단어들의 낯설고 절묘한 조합으로 읽는 사람을 한순간에 얼어붙게 하는 시인은 수십 년도 흘러버린 추억, 스쳐 지나간 단상까지 눈앞에 모조리 소환해버리는 능력을 갖고 있다. 시를 쓰는 사람은 마법사이거나 인간과 신의 경계에 있는 존재쯤 아닐까.

잡힐 듯 잡히지 않는 시의 세계는 동경의 대상일 뿐이다. 언감생심 써볼 용기는 생기지 않는다. 시의 비밀을 파헤치고 싶어 이성복의 시론집 『무한화서』를 읽어보기도 했지만 알고 싶을수록 모르겠는 것이 시다.

림태주 시인은 남편 덕분에 알게 됐다. 우리 부부는 밤마다 함께 필사를 한다. 하루는 남편의 필사 글귀에 자꾸만 눈길이 갔다. 『관계의 물리학』이라는 책이었다.

"그 책 다 읽으면 반납하지 말고 나에게 넘겨주라. 나도 필사하고 싶어."

남편이 읽던 책은 나에게로 왔고, 이후 『그리움의 문장들』로 개정된 『이 미친 그리움』, 『너의 말이 좋아서 밑줄을 그었다』를 찾아 읽으며 림태주 작가의 책에 밑줄을 긋기 시작했다.

오늘 발췌한 필사 문장은 '시가 무엇이냐'는 물음에 대한 시인의 대답이다. 시는 물, 물은 생명. 시는 결국 생명이고 세상을 살아가려면 반드시 시를 품어야 한다는 의미로 해석했다.

필사 문장을 보고는 숲과 바다를 사랑하는 내 몸속에도 시가 흐르고 있다는 확신을 갖게 되었다. 그런데 이 문장이 개정판에 새롭게 수록되기 전, 그러니까 초판본에는 이렇게 나와 있다.

"시는 고형물이 아니라 액상이지. 지구에 물이 스며들어 있지 않다면 땅이 단단하게 굳어 있을 수도, 식물을 키워낼 수도, 노루를 뛰어다니게 할 수도 없어. 네가 시를 좋아한다면 네 몸 안에 백석이, 윤동주가, 소월이 흐르고 있는 것이지. 네 몸의 뼈와 살도 결국은 선조의 물방울 하나가 빚어낸 작품이

같아." (『이 미친 그리움』 p.31)

개인적으로는 초판본의 표현이 더 끌린다. '고형물'이나 '액상'이라는 단어 선택 때문이다. '이성의 영역'인 과학에서 주로 쓰이는 용어가 '감성의 영역'인 시에서 등장하다니 신선하다. 그리고 사람이(백석이, 윤동주가, 소월이) 내 몸 안에 흐른다는 표현이 어떤 논리적인 서술보다 더 와 닿는다. 설득력 있게도 느껴진다.

이처럼 시에서는 무엇이든 허용된다. 소리를 삼킬 수 있고, 냄새를 볼 수 있고, 맛을 들을 수 있다. 슬퍼서 웃고, 뜨거워서 얼어붙으며, 모자람이 없어서 외롭다. 시를 읽고 필사하다 보면 답답한 틀에서 벗어나 자유로운 글을 쓰고 싶은 욕구가 꿈틀거린다. 필사 문장은 시인은 하늘에서 내려온 신이 아니니 안심하라고 말한다. 너도 시인이 될 수 있다는 격려를 건넨다.

시를 자주 읽진 않지만 여전히 시를 갈망하고 좋아한다. 시를 읽고 감동하기도 한다. 나에게 시가 흐른다면 시인이 될 수 있지 않을까. 그런 희망을 품어본다.

시의 비밀을 파헤칠 생각은 이미 그만두었다. 대신 시를 더 열렬히 좋아하기로 결심했다. 그러려면 자주 시를 '수혈' 해야 한다. 시집을 여러 권 사서 내 방과 거실 소파 근처에 늘 어놓았다. '신성함'을 제거하려면 먼저 친해져야 하는 법이니까. 눈에 자주 띄는 곳에 놓고 손에 잡힐 때마다 한 편씩 읽는다. 어떤 시는 잘 이해가 되지 않아 같은 행을 다시 읽고, 또 다시 읽기도 한다. 그래도 쉬이 넘어가지 않아 멈추어 골몰하기도 한다. 그럴 땐 소리를 내어 읽어본다. 한 문장을 붙들고 이렇게 사랑에 빠져본 적이 있나 싶다.

똑같은 틀에서 벗어나 고유한 글을 짓고 싶다면 이 사랑을 먼저 지켜내야 한다.

시적 허용의 자유로움을 보여주는
오늘의 필사 문장

시는 물과 같아. 지구가 물을 품고 있지 않다면 숲이 존재할 수도 없고 땅이 단단하게 굳어 있을 수도 없고 바다를 유지할 수도 없겠지. 네가 시를 품고 있다면 네 몸 안에 푸른 행성 하나가 들어 있는 거지. 그 행성이 하나의 물방울일 수도 있고, 한 줄의 시일 수도 있고.

시는 고형물이 아니라 액상이지. 지구에 물이 스며들어 있지 않다면 땅이 단단하게 굳어 있을 수도, 식물을 키워낼 수도, 노루를 뛰어다니게 할 수도 없어. 네가 시를 좋아한다면 네 몸 안에 백석이, 윤동주가, 소월이 흐르고 있는 것이지. 네 몸의 뼈와 살도 결국은 선조의 물방울 하나가 빚어낸 작품이잖아.

- 시집을 한 권 사서 아주 천천히 음미해보자. 필사를 해보는 것도 좋다.

3장

인간미 넘치는
'쓰는 사람'이 되는 법

아무것도 아닌 것들이 아무것이고, 아무것이라고 생각했던
건 아무것도 아닙니다. 아무것도 아닌 것을 주목할 필요가
있어요.

- 박웅현, 『여덟 단어』, p.123

26. 아무것도 아닌 것에 주목할 때

매일 반복하는 일상은 별다른 자극이 없어서 아무것도 아닌 것처럼 느껴진다. 주말 아침, 느지막하게 일어나 쌀을 씻어 밥솥에 안친다. 30분 뒤 남편과 마주 앉아 갓 지은 밥을 나눠 먹는다. 그리고는 나란히 동네 한 바퀴를 돈다. 산책길에 길고양이를 만나고, 나뭇가지마다 달린 목련꽃 몽우리도 만난다. 횡단보도 앞에서 잠시 바람을 느끼다, 초록 불이 켜지면 건넌다. 아무것도 아닌 나의 일상이다.

그렇다면 '아무것'에는 무엇이 있을까. 아무것이란 단어만 따로 떼어놓고 보니 의미가 헷갈린다. 국어사전에서 '아무것'을 찾아보면 주로 '아니다'와 함께 쓰여 대단하거나 특별한 어떤 것이라는 풀이가 나온다. 하찮은 것이 아니라 특별한 어떤 것이다. 흔히 말하는 로망이다. 꿈에 그리던 회사에 취직하는 것, 종잣돈을 모아 내 집 마련을 하는 것, 직장에서 인정받고 승진하는 것, 투자했던 주식이나 부동산 가격이 급등해(?) 경제적 자유를 이루는 것, 내 이름으로 낸 책이 베스트셀러가 되는 것, 세계 여행을 하는 것 정도가 아무것이다.

아무것도 아닌 것들은 늘 곁에 있고, 아무것은 언제나 저 멀리에 있다. 아무것도 아닌 것들을 밟고 걸으면서 아무것을 향해 손을 뻗는 것, 우리네 삶이다.

어제와 오늘, 오늘과 내일이 비슷해서 딱히 글로 남길 소재가 없다는 생각이 들 때면 박웅현 작가의 문장을 떠올린다. 아무것도 아닌 일에 가만히 돋보기를 들이대고 '만약 생이 얼마 남지 않았다면?'이라는 가정을 덧붙여 본다. 그러면 당연하게 누리던 평범한 일상이 단박에 '아무것'이 된다.

접점이라고는 하나도 없는 한국인 남녀가 낯선 땅 스페인에서 우연히 만났다. 그러다 20개월 후 한 이불을 덮는 사이가 됐다. 두 사람은 약속이나 한 듯 주말에 일찍 일어나는 법이 없다. 이번 주에는 돈을 아낄 겸 집 밥을 먹자는 의견에도 어려움 없이 합의한다. 미역국 한 그릇만으로도 너무 맛있다며 밥 한 그릇을 싹 비우고 싱긋 웃는 사람이 내 앞에 앉아있다는 사실이 문득 낯설고 경이롭기까지 하다. '아무것'이 되었다.

귀가 떨어질 듯 바람이 매서웠던 겨울의 어느 날이었다.

패딩 모자를 눌러 쓴 채 나란히 손을 잡고 걸었다. 길고양이 한 마리가 다가오더니 우리 앞에 웅크리고 앉아 길을 막았다. 배는 하얗고 눈과 귀에는 회색 점박이가 있는 녀석이었다. 배가 고프구나, 뭐라도 먹여야겠다는 생각이 들었다. 편의점에서 사온 참치캔을 따서 앞에 놓아주었다. 녀석은 헛바닥으로 기름을 몇 번 핥다가 재채기를 하고는 가려운 듯 전봇대에 몸을 비볐다.

고양이에게 사람 음식을 함부로 줘서는 안 된다는 사실을 뒤늦게 알았다. 고양이가 보이지 않던 며칠 동안 얼마나 가슴을 졸였는지 모른다. 그러다 산책길에서 다시 녀석을 만났을 때의 반가움이란! 아무것도 아닌 일이 아무 일이 되는 순간이다.

눈이 온다. 눈이 쌓여 온 세상이 하얗다. 아직 아무도 밟지 않은 눈길에 서면 부자가 된 기분이 든다. 웨하스 과자 위를 걷는 것처럼 조심스럽게 그러나 부서지는 감촉을 충분히 즐기며 발자국을 찍는다. 그러다 길가의 가로수를 올려다보니 가지마다 꽃 몽우리가 달려있다. 송아지 털로 감싼 듯 보송보송한 모양을 보고 목련꽃임을 알아챈다. 목련 나무는 살아있다. 하얀 이불을 덮고 부지런히 힘을 끌어올리고 있다. 온통 하얀 세상을 밟으면서, 하얗게 기지개를 켤 목련을 그려본다. 아무것도 아닌 게 아니다.

초록 불이 들어오자마자 출발했으나 건너편에 미처 도착하기도 전에 빨간 불이 들어온다. 함께 길을 건너던 할머니에게는 짧은 시간이다. 신호등이 꺼지기 전에 횡단보도를 건너는 일이 누군가에게는 힘들지 않을까. 할머니의 걸음이 느린 것은 할머니의 잘못일까. 미처 다 건너가기도 전에 경적을 울려대는 성급함은 어디에서 비롯되었나. 횡단보도가 있기 전에는 어떻게 길을 건넜을까. 그때도 경적이 있었을까.

아무것이 아니라 생각하고 눈길을 주지 않았을 뿐이다. 눈길을 주자, 하고 싶은 말이 용암처럼 끓어오른다. 아무것도 아닌 것은 없다. 지금 이 순간에도 무언가 일어나고 있다. 반면, 아무것은 미래이고 종교다. 아무것도 아닌 것들이 아무것이라는 사실을 알아차리는 일이 글쓰기의 시작이다. 새하얀 눈밭을 감상할 수 있는 건 묵묵히 땅을 밟고 있는 지금 이 순간의 두 발 덕분이다.

꽃의 화가, 조지아 오키프의 말은 아무것도 아닌 것을 아무엇으로 만드는 일이 작가의 역할임을 일깨운다.

"아무도 진지한 태도로 꽃을 보지 않는다. 꽃은 너무 작아서 보는 데 시간이 걸리는데 현대인은 바빠서 그럴 시간이 없기 때문이다. 그러나 꽃을 거대하게 그리면 사람들은 그 크기에 놀라 천천히 그리고 진지하게 보게 된다."

대화하다가 친구가 무언가를 얼버무리거나 망설이는 듯한 표정을 보이면 반드시 무슨 일이냐고 물어보자. "아냐, 아무것도…(아니야)"라고 답을 할테지만, 쉽게 포기하지 말자. 그런 답변이라면 더욱 아무것도 아닌 게 아닐 테니까.

평범한 일상에도 글쓰기 소재가 있음을 알려주는 오늘의 필사 문장

아무것도 아닌 것들이 아무것이고, 아무것이라고 생각했던 건 아무것도 아닙니다. 아무것도 아닌 것을 주목할 필요가 있어요.

- 내 일상을 구성하는 '아무것도 아닌 것'에 무엇이 있을까? 밥을 먹는 것? 출근하는 것? 세수하는 것? 가장 평범한 것에 대해 써 보자. 아무것으로 만들어보자.

우선 이것부터 해결하자. 지금 여러분의 책상을 한구석에 붙여놓고, 글을 쓰려고 그 자리에 앉을 때마다 책상을 방 한복판에 놓지 않는 이유를 상기하도록 하자. 인생은 예술을 위해 존재하는 것이 아니다. 오히려 그 반대이다.

- 스티븐 킹, 『유혹하는 글쓰기』, p.123

27. 글을 쓰는 이유를 자주 질문해보자

TV 건강 정보 프로그램이 꾸준히 인기를 끌고 있다. 주로 어떤 질환을 오래 앓던 사람이 특정 식단이나 운동법을 실천하면서 건강을 되찾았다는 내용이다. 건강은 누구에게나 관심사이다. 마치 비법을 알려주듯 잘 포장해서 사례를 소개하면 누구나 혹한다. 가끔은 중간중간 건강보조식품 협찬이 끼어 있기도 한다. 그럴 때면 프로그램이 끝난 후 해당 아이템이 홈쇼핑 채널에서 라이브로 판매된다(요즘은 많이 사라졌다).

교양 프로그램 작가였던 나는 늘 사례자를 찾는 데 혈안이 돼 있었다. 무언가(방송사에서 정한 아이템)를 먹고 특정 병(협찬사에서 정한 병)이 나은 사람을 찾는 것은 지하철에서 책 읽는 사람을 만나는 확률보다 더 희박하다.

어느 날은 '콩나물'을 먹고 심혈관 질환이 호전된 사람을 찾아야 하는 지령이 떨어지기도 했다. 맞다, 고춧가루에 조물조물 버무려 먹는 그 콩나물. 콩나물을 먹고서 생사를 오가는 질환을 극복한 사람을 찾으라니! 방송 작가는 그런 사람을 찾아내야 한다. 몇 날 며칠을 밤을 새워 아쉬운대로 콩나물 국밥집을 운영하는 협심증 환자를 찾아냈다.

시청자의 건강을 챙기다가 내 건강이 무너질 판이었다. 허약 체질로 태어나 종합 병원이라 불릴 만큼 자주 아팠다. 생명을 위협하는 병은 아니지만 매일 몸의 어느 한구석은 불편했다. 그중에서도 아토피성 피부는 스트레스에 취약했다. 방송을 만드는 내내 스트레스는 나를 따라다녔다. 매번 방송 조건에 맞는 누군가를 찾아내야 한다는 압박감과 수면 부족 그리고 불규칙한 생활에 내 피부는 건조하다 못해 찢어지고 진물이 흘렀다. 그럼에도 방송 펑크를 낼 수는 없었다. 고통을 무시한 채 일을 이어갔다.

약간은 억지 같은 방송을 꿋꿋이 만들려면 내가 만든 방송을 보고 누군가는 도움을 얻을 거라는 자기 합리화도 필요하다. 사각지대 같은 곳에 숨어 방송 대본을 쓸 때면 '어떻게 하면 이 글이 문제가 되지 않으면서도 설득력을 얻을 수 있을까'를 고민했다. 고민이 거듭 될수록 내 몸은 점점 더 악화됐다. 결국 일을 그만두어야 할 지경에까지 이르렀다.

그때 오늘의 필사 문장을 만났다면 조금 더 일찍 결단했을까. 인생은 예술을 위해 존재하는 게 아니라 예술이 인생을 위해 존재한다니, 정신이 번쩍 드는 문장이다. 어디 예술뿐이랴. 인생은 방송을 위해 존재하지 않는다. 건강 정보를 전하는 프로그램을 만들려고 건강을 해치는 것은 앞뒤가 바뀐 일이다.

삶의 많은 부분이 그렇게 전복되어 있다. 시시각각 눈앞에 놓인 해야 할 일을 처리하다 보면, 의미는 사라지고 '해야 한다'는 의무만 남는다. 때로는 멈춰서서 내가 왜 이걸 하고 있는지 자문해야 할 때도 있다. 하지만 그것도 마음에 여유가 있을 때나 가능하다.

최선을 다한 세월이 헛되었다는 뜻은 아니다. 때로는 '이것저것 따지지 말고 우직하게'라는 단순무식함도 필요하다. 숙련이란 언제나 인내를 요구해 전문가 수준의 경지에 오르려면 어느 정도 필요한 사고방식일지도 모른다. 다만 가끔은 애쓰는 일이 내가 지향하는 의미를 만들어내고 있는지 살펴보아야 한다. 넓은 바다로 향한다고 한참 노를 저었는데, 고개를 들어보니 여전히 집 앞 개천이어서는 안 된다.

글쓰기도 그렇다. 인정 욕구를 채우거나 책 출간이 유일한 목표가 되면 결국 허탈해진다. '나는 왜 쓰는가'라는 질문을 꺼내 그 끝을 따라가 보아야 한다. '왜? 책을 내고 싶어서? 유명해지고 싶어서? 내 생각을 많은 사람과 나누고 공감하고 싶어서?'

그렇다면 글을 꾸미는 것에 앞서 잘 살아야 한다. 인생에 진짜 중요한 가치가 무엇인지 알아야 한다. 나와 상대에게 좋은 영향을 어떻게 줄지 고민해야 한다. 좋은 사람이 되면 좋은 글은 절로 흘러넘친다.

포토저널리즘의 아버지라 불리는 알프레드 아이젠슈테트는 "셔터를 누르는 것보다 사람들과 어울리는 것이 더 중요하다"라고 말했다. 스티븐 킹의 문장을 그대로 실천했다. 그는 인물과 사건이 '스스로' 이야기하는 사진을 추구했다. 그래서 사람들에게 먼저 다가가 말을 걸고 그들과 기꺼이 시간을 나누었다. 진정성이 담겨야 피사체로부터 진실한 미소가 나온다. 그를 사진의 거장으로 만든 것은 사진의 색감이나 구도 같은 기술만은 아니었다.

글을 왜 쓰는가? 나는 이렇게 답하겠다. 쓰지 않는 때보다 쓰는 순간이 행복해서 글을 쓴다. 그럼에도 글보다 중요한 것이 많다. 사랑하는 사람과 함께 걷는 시간, 음식을 나누어 먹는 일, '다음엔 잘 될 거야' 따뜻하게 건네는 위로의 말들.

이런 느긋한 생각으로 글을 쓰니 위대한 작가가 못 되는 건가. 하지만 스티븐 킹이 그렇다 하지 않는가.

글을 쓰는 이유를 다시 상기해보는
오늘의 필사 문장

우선 이것부터 해결하자. 지금 여러분의 책상을 한구석에 붙여놓고, 글을 쓰려고 그 자리에 앉을 때마다 책상을 방 한복판에 놓지 않는 이유를 상기하도록 하자. 인생은 예술을 위해 존재하는 것이 아니다. 오히려 그 반대이다.

– 글을 쓰려는 이유를 끝까지 추적해보자. 글이 막힐 때마다, 글이 너무 잘 써질 때마다 질문해보자.

생활의 편의와 이기(利器)들이 생산해내는 그 여유가 무엇을 위하여 소용되는지. 그 수많은 충계, 싸늘한 돌계단 하나하나의 '높이'가 실상 흙으로부터의 '거리'를 의미하는 것이나 아닌지... 생각은 사변의 날개를 달고 납니다.

- 신영복, 『감옥으로부터의 사색』, p.123

28. 빠르고 편리한 것을 의심하기

"아니, 세차하는데 무슨 세 시간이 넘게 걸려?"

세차 양동이 속에는 더러워진 타월, 전용 샴푸, 왁스, 가죽 클리너 등 세차용품이 가득하다. 남편은 자동 세차장을 이용하지 않고 손 세차를 고수한다. 신혼 초에는 가만히 있어도 땀이 줄줄 흐르는 한여름에 굳이 손 세차를 하러 간다는 말에 귀를 의심했다. 분명히 후회하겠지, 했지만 오산이었다. 이마에 땀이 오종종하게 맺혀 돌아오는 날에도 그는 뿌듯한 미소를 지었다.

내가 탈 출퇴근용 작은 중고차를 샀다. 남편을 따라 세차를 해보기로 했다. 자동 세차를 맡겨도 되지만 세차 과정이 궁금했다. 도대체 얼마나 쓸고 닦고 하길래 네 시간이 걸리는지 직접 체험해보기로 했다.

우선 양동이에 물을 가득 담아온다. 그다음 세차장 천장에 달린 소방호스처럼 기다란 세차 호스를 뽑아 차를 향해 쏜다. 거센 수압만으로도 구정물이 줄줄 흘러내린다. 이제

양손에 고무장갑을 끼고 양동이에 비누 거품을 푼다. 스펀지를 담가 거품을 풍성하게 묻혀 차의 오른쪽 면을 시작으로 보닛, 바퀴 윗부분, 사이드미러가 이어지는 코너, 번호판까지 문질러 닦는다. 손이 지나간 자리마다 말끔해진다. 하지만 아직 멀었다. 물기를 말린 후 왁스를 칠하는 과정이 남았다. 차 구석구석에 연고를 바르듯 발라주고 다시 부드러운 천으로 문질러 닦아낸다. 왁스 자국이 남지 않으려면 빡빡 힘을 줘야 한다. 팔이 떨어져 나갈 지경이다. 그나마 면적이 적은 경차인 게 다행이다.

한참 진땀을 빼며 광을 내는데, 오른쪽 차 문 아래에 제법 큰 흠집이 눈에 들어왔다. 접촉사고가 나거나 딱히 부딪힌 적은 없었는데. 내 몸이 까진 것처럼 속상하다. 작은 흠집이라도 비나 눈을 맞으면 부식되어 크게 번질 수도 있다. 그러면 더 큰 비용을 들여 고쳐야 한다.

기계가 해주거나 남이 해주는 편리한 세차를 했다면 모르고 넘어갔으리라. 내 손으로 직접 세차를 하다보니 몰랐던 것을 알게 된다. 처음으로 바퀴 휠 모양도 관찰하고 차 뒷유리에 달린 와이퍼의 용도도 알게 되었다. 사이드미러의 사각지대 거울이 틀어진 것도 발견했다. 타이어 마모 정도도 눈으로 점검했다. 힘은 들었지만 내 손으로 공들여 닦은 차에 전에 없던 애정이 샘솟는다.

빠르고 편리한 것은 주의 깊게 살펴볼 필요가 있다. 신영복 선생은 오늘의 필사 문장에서 누구를 위한 편리이며, 그렇게 얻어낸 여유는 어디에 쓰이는지 살펴보라고 했다.

유튜브나 OTT 영상을 볼 때 빨리 감기로 보는 사람이 있다. 빨리 내용을 알고 싶고, 더 많은 콘텐츠를 보기 위해서다. "나 그거 봤어" 사람들과의 대화에 끼려고 감독의 연출, 배우의 연기, 몰입을 돕는 배경 음악까지 모두 일그러뜨리고 줄거리만 소비한다. 영화 한 편도 마음 놓고 즐기지 못하는 취미는 왠지 서글프지 않나? 폭식하듯 허겁지겁 영화를 소비하면 과연 누구에게 이득이 돌아가는 것일까?

오늘의 필사 문장에서 '높이'는 '거리'라는 깨우침도 신선한 충격이다. 전망 좋은 초고층 아파트에서의 생활은 높은 계급이나 부의 표식이 아니라 흙과의 거리, 자연으로부터의 소외라고 했다. 되새겨볼 문장이다.

글 쓰는 사람은 조금 '삐딱'해도 좋을 것 같다. 그런 사람에게만 보이는 사실 너머의 진실이 있다. 아무것도 아닌 게 아무것이듯, 당연한 것이 당연한 것이 아니듯, 빠르고 편리한 것이 마냥 좋은 것은 아니다. 중요한 것은 세상이 요구하는 것과 반대로 할 때 보인다.

보이지 않는 진실을 탐구하는
오늘의 필사 문장

생활의 편의와 이기(利器)들이 생산해내는 그 여유가 무엇을 위하여 소용되는지. 그 수많은 층계, 싸늘한 돌계단 하나하나의 '높이'가 실상 흙으로부터의 '거리'를 의미하는 것이나 아닌지... 생각은 사변의 날개를 달고 납니다.

– 편의를 누리느라 간과하고 지나치는 것에는 또 무엇이 있을까?

공동 주방에서 부치는 달걀 냄새가 온 방실을 점유하고 있었죠 스탠드가 꺼지고 소방벨이 울린 것은 그때였습니다. 누전이나 방화는 아니었다고 생각합니다 그건 단지 그동안 울먹울먹했던 것들이 캄캄하게 울어버린 것이라 생각됩니다만,

- 박준, 『당신의 이름을 지어다가 며칠은 먹었다』, p.111

29. 글쓰기의 영향력을 기억하자

고시원은 큰 꿈을 가진 배짱 좋은 사람들이 들어가는 공간이라 생각했다. 이름 그대로 고시 공부를 위해 숙식하며 공부하는 곳으로 알았다. 스물넷, 방송작가 일을 시작하기 전까지 나는 그렇게 세상에 무지했다.

글 쓰며 사는 직업을 찾고 찾다가 발을 붙인 곳이 휴먼 다큐 팀의 '막내 작가' 자리였다. 하지만 '작가'라는 명칭이 무색하게 글 쓰는 시간보다 말하는 시간이 일의 대부분을 차지했다. 나의 오른쪽 귀와 어깨 사이에는 늘 돼지 꼬리 같은 선이 달린 유선 전화기가 두툼한 패티처럼 끼워져 있었다. 귀로는 출연자 후보들의 사연을 듣고, 손으로는 키보드를 두드리며 내용을 옮겨 적었다.

빈곤층이나 기초생활수급자가 출연하는 휴먼 다큐의 취재를 맡았다. 유튜브도 없던 시절, TV 화면에 얼굴을 비출 결심을 하는 사람은 흔치 않았다. 게다가 감동적인 사연까지 있는 취약계층을 카메라 앞에 서게 하려면 극진한 정성이 필요했다. 출연료나 방송 후 후원금을 들먹이며 겨우겨우 설득하는 치사한 일도 마다치 않았다.

취약계층을 찾으려면 어디를 수소문해야 할까. 선임이 인수인계한 취재처 목록에는 뜻밖의 장소들이 적혀 있었다. 동사무소(지금의 주민센터)나 장애인복지재단, 미혼모센터, 가출청소년 쉼터, 인력사무소, 쪽방촌. 그나마 예상 가능한 곳이었다. 그런데 동춘서커스단, 대학로 극단, 찜질방, 특히 고시원! 도대체 그곳은 어떤 알고리즘으로 리스트에 들어갔단 말인가. 고시원에서 사는 사람은 4년제 대학을 나와 권력의 끝이라 칭하는 사법부나 행정부를 지망하는 야심 가득한 청년들 아닌가?

순진해도 한참 순진했다. 취재를 거듭하면서 고시원에는 고시 준비를 하지 않는 사람이 산다는 사실을 알았다(물론 진짜 고시생이 사는 경우도 있다).

월세가 밀려 쫓겨나 어린 아들과 함께 들어온 가장(아내는 도망갔단다), 극단에서 일하다가 빚쟁이를 피해 숨어 있는 이십 대 개그맨 지망생(주말에는 돌잔치 사회를 본다), 일자리가 안

구해져 일용직으로 먹고사는 전과 10범 아저씨. 이들은 개미굴 같은 고시원 복도 좌우로 방을 나눠 쓰고 있다. 부엌은 화장실 문 옆 2구 가스레인지 하나가 덜렁 놓인 공간이다. 모두가 공유하는 부엌에서 식사는 보온밥통 속 오래된 밥, 계란프라이, 중국산 김치가 전부다.

'공동 주방에서 부치는 달걀 냄새가 온 방실을 점유'한다는 박준 시인의 시구는 근거 없이 나오지 않았다. 박준 시인은 시를 쓰려고 두 달간 고시원에서 살았다고 한다.

요즘은 뉴스에서 거의 보지 못했지만 잊을 만하면 한 번씩 고시원 화재 사고가 보도되던 시절이 있었다. 가난한 청년들, 갈 곳 없이 궁지에 몰린 끝방 사람들이 창문도 없이 몸하나 간신히 누일 공간에서 하루하루 버티다가 영문도 모른채 죽어갔던 그 시절. 터졌다 하면 대형 인명 사고로 이어졌다. 이유는 자명했다. 안전망 사각지대에 놓인 이들은 존재하지만 존재하지 않는 사람이었다.

글에는 영향력이 있다. 조지 오웰은 '나는 왜 쓰는가'라는 자문에 '정치적 이유'라고 답했다. 내 생각과 지향을 알리고 함께 공감하고 더 나아가 행동까지 변화를 일으키고 싶은 마음이다. 글은 목소리다. 잘못된 시스템에 일일이 항거하거나 직접 나가서 싸우지는 못해도 글로써 누구나 자신의 목소리를 낼 수 있다.

글로 기록된 사건 사고는 서로를 부둥켜 안게 하고 위로하며, 스러지는 기억에 다시 불을 지핀다. '맞아, 그런 일이 있었지.' '그래, 그곳에도 사람이 있었어.' 함께 슬퍼하고 아파하며 글이라는 도구를 양팔 삼아 어깨동무한다. 혐오와 차별, 고정관념을 양산하는 표현을 쓰지 않는 것이 글 쓰는 사람의 소극적인 책무라면, 나와 관계없는 타인의 아픔을 함께 끌어안으려는 태도는 적극적 책무다. 박준 시인은 '그건 단지 그동안 울먹울먹했던 것들이 캄캄하게 울어버린 것이라 생각됩니다만'이라며 말을 아꼈지만 알 것 같다. 왜 울먹울먹했고, 왜 결국에는 울음보가 터져버렸는지.

타인의 아픔을 지나치지 않는 사람은 아름답다. 나도 그런 글을 쓸 수 있을까. 그의 산문집 제목 『운다고 달라지는 일은 아무것도 없겠지만』처럼 달라지는 게 없더라도 말이다.

글쓰기의 선한 영향력를 보여주는
오늘의 필사 문장

공동 주방에서 부치는 달걀 냄새가 온 방실을 점유하고 있었
죠 스탠드가 꺼지고 소방벨이 울린 것은 그때였습니다 누전
이나 방화는 아니었다고 생각합니다 그건 단지 그동안 울먹
울먹했던 것들이 캄캄하게 울어버린 것이라 생각됩니다만,

– 글쓰기에는 연대 외에도 어떤 선한 영향력이 있을까?

책을 쓴다는 것은 사랑에 빠지는 것이다. 나를, 혹은 누군가를, 또는 무엇인가를 사랑하는 사람만이 책을 쓴다. 책 쓰는 고통을 온전히 홀로 견뎌야 하기 때문이다. 그런 사랑의 결과로 책이라는 자식을 낳게 된다. 자식은 성공할 수도 있고 실패할 수도 있다. 그러나 실패를 걱정해서 자식을 안 낳진 않는다. 모든 자식이 유명인이 되고 효자효녀가 되는 것도 아니다. 자식은 그 자체로 기쁨이고 축복이다.

- 강원국, 『강원국의 글쓰기』, p. 266

30. 책 쓰기의 즐거움

버킷리스트에 '내 이름으로 책 내기'를 담아둔 사람이 많다. 광막하고 까마득한 우주에 미세 먼지 한 톨도 되지 못할 나라는 존재. 책을 세상에 내놓는다는 건 존재의 흔적을 남기려는 애씀이다. 거창한 의미를 담지 않더라도 유일무이한 나의 역사를 기록으로 남기는 것, 멋진 일이 분명하다.

강원국 작가의 말대로 사랑에 빠지기라도 한 걸까. 2020년에 운 좋게 첫 책을 출간하고 벌써 다섯 번째 책을 쓰고 있다. 그러고 보니 내 책에도 효자효녀가 있고 효를 다하지 못하고 (?) 컴컴한 서가에 쪼그리고 앉아 울상을 짓는 녀석도 있다.

나는 자식이 없다. 한때는 조심스레 "아이는 언제 가질 계획이세요?"라고 묻는 이들에게 더 조심스럽게, 남의 일인 듯 "그러게 말입니다"라고 답을 했다. 하지만 지금은 유쾌하게 답한다. "애 대신 책을 낳았어요. 책 넷 맘입니다."

'실패를 걱정해서 자식을 안 낳지 않는다' '자식은 그 자체로 기쁨이고 축복이다'라는 말을 무자식인 나는 솔직히 이해하기 힘들었다. 아이가 있었으면 하는 마음과 진짜로 생기면 어쩌지, 하는 두려움이 오랜 기간 싸웠다. 가장 큰 갈등의 원인은 내가 부모 역할을 제대로 할 수 있을까 하는 불안이었다. 내가 낳은 자식이 올바르게 크지 못하고 속을 썩이거나 남에게 피해를 주면 어쩌지? 그래서 아이를 미워하게 되고, 아이 낳은 것을 후회하면 어쩌지? 먼 미래까지 앞서서 걱정했다.

육아와 살림에 치여 사는 친구가 전화로 한 시간 동안 신세 한탄을 하며 육아 하소연을 털어놓았다. 전화를 끊기 직전 "그래도 아이가 주는 행복은 무엇과도 비교할 수 없어. 너도 꼭 그 기쁨을 알게 됐으면 해" 이렇게 말했을 때는 '나만 당할 수 없지, 너도 당해보렴'으로 들리기도 했다. 그러다가 자식 대신 책을 낳았고, 강원국 작가가 쓴 오늘의 필사 문장을 이해하게 됐다.

책이 실패할까 봐, 팔리지 않을까 봐 걱정하는 것만큼 쓸모없는 걱정이 없다. 내가 열심히 쓴다고 판매가 잘 되는 것도 아니다. 많은 사람이 본다고 무조건 좋은 책이라고 하기에도 어렵다. 그렇다고 '다 잘 될 거야'라는 대책 없는 긍정도 아니다.

젊음을 바쳐 공들여 키운 자식도 내 맘대로 크지 않듯 책도 마찬가지다. 내가 쓴 책을 누가 읽어줄까, 무슨 효용이 있을까, 답이 없는 고민을 하느니 내가 가진 '사랑'을 거침없이 꺼내 놓는 것이 낫다.

'무엇인가를 사랑하는 사람만이 책을 쓴다'는 오늘의 필사 문장은 참으로 설렌다. 특별한 사람에게만 찾아오는 행운이 아니라는 뜻이다. 누구나 가슴 깊이 사랑하는 것이 있다. 단지 묻어두었을 뿐이다. 그것을 드러내고 고백할 용기가 부족했거나 잊고 살았을 뿐이다.

책 쓰기는 용기가 필요하다. 외로움 속으로 거침없이 뛰어드는 일이다. 첫 책을 쓸 때의 막막함을 아직 기억한다. 마치 망망대해에 떠 있는 무인도에 갇힌 기분이었다. '이렇게 쓰는 게 맞나?' 누군가에게 물어보고도 싶었다.

물음표를 담은 유리병을 수백 개쯤 해수면 위로 띄워 보냈다. 누군가 나를 구조해주기를 바랐다. 불안에 잠식당한 나는 익사 직전에야 겨우 탈고를 마쳤다. 다시 편집자의 답장을 기다리며 초조했다. 혹시 이런 글은 책이 될 수 없다고 하면 어쩌지. 나는 무인도에 갇힌 채 영원히 빠져나가지 못하는 것일까. 그러다 우여곡절 끝에 마침내 책이 나왔을 때는 만세를 불렀다. 드디어 무인도를 탈출한 기분이었다.

책은 글과 달랐다. 에피소드 하나하나마다 의미를 찾아야 했다. 독자와 공감대를 형성하려면 나만의 감상이 아닌 서로 향유할 만한 메시지가 필요했다. 나의 행적을 돌아보고 의미를 발견하는 행위, 그것이 책 쓰기의 본질이었다.

첫 책을 완성하고 또다시 자발적으로 무인도행을 택했다. 다시 아무도 없었다. 집필에 몰두하는 동안은 사람도 잘 안 만났다. 외로워도 습관처럼 책을 쓰는 이유는 그것이 나에게 좋은 일이라는 걸 알아서였다.

누군가 '자기 계발의 끝판 왕은 책 쓰기다'라는 말을 했다는데 나는 그 말에 고개를 끄덕인다. 책을 쓰면서 성장한다. 책을 쓸 때마다 나의 부족함을 마주하고, 그것을 해결하고자 애쓴다. 애쓴 만큼 더 자란다. 책이 나오면, 나는 내가 내뱉었던 말을 지키며 살려고 노력한다. 책을 쓰면 더 좋은 삶을 살게 된다.

책에는 물성이 있다. 종이 책은 만질 수 있다. 나의 창조물을 눈으로 확인하는 건 뿌듯한 일이다. 자식이 배 밖으로 나와 울고 기고 걷고 뛰며 자라는 모습을 눈앞에서 보는 것과 같다.

내가 무슨 책을? 내가 낸 책이 팔리기나 할까? 나중에 기회가 되면, 이라고 지체할 이유는 없다. 매일 '더 멋진 나'를 만들어가는 책 쓰기는 여러모로 즐거운 일이다.

책 쓰기의 즐거움을 알려주는
오늘의 필사 문장

책을 쓴다는 것은 사랑에 빠지는 것이다. 나를, 혹은 누군가를, 또는 무엇인가를 사랑하는 사람만이 책을 쓴다. 책 쓰는 고통을 온전히 홀로 견뎌야 하기 때문이다. 그런 사랑의 결과로 책이라는 자식을 낳게 된다. 자식은 성공할 수도 있고 실패할 수도 있다. 그러나 실패를 걱정해서 자식을 안 낳진 않는다. 모든 자식이 유명인이 되고 효자효녀가 되는 것도 아니다. 자식은 그 자체로 기쁨이고 축복이다.

– 나는 첫 책으로 무슨 이야기를 쓰고 싶은가? 제목부터 지어보자.

회복탄력성을 키우는 글쓰기

상처받지 않는 삶은 없다. 상처받지 않고 살아야 행복한 것도 아니다. 누구나 다치며 살아간다. 우리가 할 수 있고 해야 하는 일은 세상의 그 어떤 날카로운 모서리에 부딪혀도 치명상을 입지 않을 내면의 힘, 상처받아도 스스로 치유할 수 있는 정신적 정서적 능력을 기르는 것이다. 그 힘과 능력은 인생이 살만한 가치가 있다는 확신, 사는 방법을 스스로 찾으려는 의지에서 나온다. 그렇게 자신의 인격적 존엄과 인생의 품격을 지켜나가려고 분투하는 사람만이 타인의 위로를 받아 상처를 치유할 수 있으며 타인의 아픔을 위로할 수 있다.

-유시민, 『어떻게 살 것인가』 p.56

'글 쓰는 사람은 맷집을 키워야 한다'라는 이야기를 들었다. 사람마다 경험과 가치관이 다르니 내가 쓴 글을 모두가 온전히 이해하기는 힘들다. 공들여 쓴 글이라도 때로는 비판받을 수 있다. 글은 글일 뿐 내가 아니다. 하지만 '별로네, 재미없네' 평가를 받으면 속이 쓰리다. 심지어 가슴이 찢어질 듯 아플 때도 있다. 그러다 상처가 너무 깊으면 다시 쓸 기력조차 잃는다.

글 쓰는 일로 먹고살기까지 많이도 맞았다(!). 수년이 흘렀지만 여전히 떠올리면 끔찍한 기억이 있다. 방송작가로 일할 때였다. 그날은 가편본(수정 전 영상)을 국장에게 평가받는 날이었다. 평소에는 피디와 담당 작가, 둘만 시사실로 들어가는데, 그날은 국장이 제작팀 전원을 불렀다. 빠듯한 시사실 안에는 긴장이 감돌았다. 영상에서 내가 쓴 원고 내레이션이 흘러나왔다.

"내레이션 누가 썼어?" "뭐라는 거야. 전혀 공감이 안 가는데?" "원고 처음부터 다시 써!" 국장은 인상을 쓰며 욕설을 하기 시작했다.

내 얼굴은 벌겋게 달아올라 터질 것 같았다. 온몸이 맞은

듯 욱신거렸다. 화장실 갈 시간을 아껴가며 밤을 새워 쓴 원고였다. 워낙 독설로 악명이 높은 국장이었기에 어느 정도 각오는 했지만 영혼까지 무참하게 짓밟히는 기분이었다. 방 안에 있던 모든 팀원이 나의 굴욕을 안타까워했다. 살면서 가장 비참했던 순간이었다.

상처가 꽤 깊었다. 10년 동안 어렵지 않게 일자리를 구했고 일도 곧잘 해내 왔음에도 내 실력에 의심이 들었다. '나는 작가 할 능력이 안되나 봐. 내 글은 정말 구리고 형편없어.' 컴컴한 이불 속으로 기어서 들어가 자괴감에 허우적댔다. 아이처럼 엉엉 소리를 내며 울었다. 훌쩍 여행도 다녀왔다. 그렇게 한동안 일을 쉬었다.

유시민 작가가 말하는 '날카로운 모서리'에 부딪친 날이었다. 그날 이후 펜을 놓았다면 나는 지금쯤 어떤 일을 하고 있을까. 어린 시절 집안 형편 때문에 포기한 그림을 시작했을까. 아니면 보습학원 국어 강사?

어디로 가든 모서리는 있다. 하물며 아침부터 침대 모서리에 허벅지를 찔려 소리 없는 비명을 지르는 것이 평범한 일상 아닌가.

누구나 상처받기를 두려워한다. 한 번 다쳐본 사람은 그 아픔을 잘 안다. 그래서 갈등 상황 자체를 피하고 싶어 한다. 그러나 회피하면 상처는 더 곪고 깊어진다. 쓰라려도 상처를 햇볕에 드러내놓고 말려야 한다. 일광에 살균 소독한 후 딱지가 앉을 때까지 기다려야 한다. 새살이 올라올 때쯤이면 근질근질하다. 이때를 조심해야 한다. 못 참고 딱지를 억지로 떼어내는 순간 아물던 상처가 다시 벌어진다.

상처를 외부로 드러낸다는 것은 자신의 연약함을 정직하게 마주할 용기다. 치유 과정에 따라오는 가려움증은 성장통과도 같다. 가려움증을 잘 다독이고 참아내면, 억수 같은 비가 내린 후 땅이 단단해지듯 내면이 단단한 사람이 된다.

상처받지 않으려고 집 안에 숨어 살거나 온몸에 붕대를 두르고 다닐 수는 없다. 남의 비판이 두려워 글쓰기를 멈출 것이 아니라 훌훌 털고 다시 쓸 내면의 힘을 키워야 한다. 유시민 작가는 그 힘이 '인생이 살만한 가치가 있다는 확신'에서 나온다고 했다. 그렇다면 확신은 어디에서 오는 걸까. '내가 누군가에게 기쁨과 도움을 주는 사람'이라는 사실을 깨달는 것에서 온다. 스스로 정체성을 찾아가는 일이다.

혼자서는 어렵다. 내가 나일 수 있는 것은 타인이라는 거울을 통해 비추어 보기 때문이다. 타인이 없다면 타인과 나의 다름 역시 발견하지 못한다. 타인과 소통하는 가운데 나를 발견하는 일, 다시, 글쓰기로 돌아간다.

글쓰기는 '사는 방법을 스스로 찾으려는 의지'이다. 상처받고 주저앉은 내가 다시 일어서는 서사를 고스란히 담아낸다. 무너지고 다시 쌓고 깨지고 다시 붙이는 나의 성장 과정을 기록하는 일, 어떻게 이겨내고 다시 일어났는지 내가 쓴글이 증명한다. 글은 이보다 더한 일도 과거의 내가 이겨냈다는 사실을 일깨워준다. 그래서 글을 쓰면 상처가 치유되고 회복탄력성이 키워진다.

쌓이는 글만큼 단단한 내가 된다고 믿는다. 글을 계속 쓰려는 사람은 상처도 많지만 회복하는 방법도 이미 안다. 그들을 꼬옥 안아주고 싶다.

글밥의 필사 추천 책 10권

*최근 3년 동안 필사한 책 중에서 골랐습니다.

1. 정지아, 『아버지의 해방일지』

잘 쓴 복문을 베껴쓰며 골계미와 리듬감을 배운다.

2. 홍인혜, 『고르고 고른 말』

정교한 어휘 선택이 공감을 일으키는 원리를 깨닫는다.

3. 허은실, 『나는, 당신에게만 열리는 책』

감성적이고 다정한 구어체의 매력을 느낄 수 있다.

4. 박연준, 『쓰는 기분』

글쓰기의 행복한 기분을 느끼면서 나도 쓰고 싶어진다.

5. 마르쿠스 아우렐리우스, 『명상록』

통찰하는 힘을 길러 깊이있는 문장을 고민하게 한다.

6. 정지음, 『젊은 ADHD의 슬픔』

'웃픔(웃기면서 슬픈)'을 자아내는 절묘한 전개를 배운다.

7. 이성복, 『무한화서』

간결하고 단호한 문장의 품격을 배운다.

8. 김은주, 『나라는 식물을 키워보기로 했다』

다시 쓸 용기가 필요할 때 힘을 얻는다.

9. 안토니오 스카르메타, 『네루다의 우편배달부』

은유와 재치있는 문장이 무엇인지 알게 된다.

10. 최진영 『구의 증명』

흡인력 있는 서술 방식을 배운다.

오늘의 필사 문장 출처

1. 정세랑, 『시선으로부터』(2020), p.166, 문학동네

2. 김훈, 『연필로 쓰기』(2019), p.11, 문학동네

3. 다자이 오사무, 『인간 실격』(2004), p.91, 민음사

4. 다비드 르 브르통, 『걷기 예찬』(2002), p.91, 현대문학

5. 메이슨 커리, 『예술하는 습관』(2020), p.232, 걷는나무

6. 안소영, 『책만 보는 바보』(2005), p.50, p.246, 보림

7. 에릭 와이너, 『소크라테스 익스프레스』(2021), p.213, 어크로스

8. 은유, 『쓰기의 말들』(2016), p.35, 유유

9. 김지수, 이어령, 『이어령의 마지막 수업』(2021), p.30, 열림원

10. 박완서, 『모래알만 한 진실이라도』(2022), p.158, 세계사

11. 이성복, 『무한화서』(2015), p.87, 문학과지성사

12. 김이나, 『보통의 언어들』(2020), p.60, 위즈덤하우스

13. 김승옥, 『무진기행』(2007), p.11, 민음사

14. 찰리 맥커시, 『소년과 두더지와 여우와 말』(2020), 상상의힘

15. 델리아 오언스, 『가재가 노래하는 곳』(2019), p.13, 살림출판사

16. 허은실, 『나는, 당신에게만 열리는 책』(2014), p.6, 위즈덤하우스

17. 최은영, 『밝은 밤』(2021), p. 14, 문학동네

18. 윤성용, 『인생의 계절』(2021), p. 49, p. 196, 스토너

19. 신영복, 『감옥으로부터의 사색』(1998), p. 172, p. 148, 돌베개

20. 이승우, 『한 낮의 시선』(2009), p. 44, 자음과모음

21. 에쿠니 가오리, 『반짝반짝 빛나는』(2001), p. 89, p. 14, 소담출판사

22. 정철, 『영감달력』(2022), 11월 4일, 블랙피쉬

23. 박완서, 『호미』(2014), p. 116, 열림원

24. 마르쿠스 아우렐리우스, 『명상록』(2018), p. 158, 현대지성

25. 림태주, 『그리움의 문장들』(2021), p. 171, 행성B

26. 박웅현, 『여덟 단어』(2013), p. 123, 북하우스

27. 스티븐킹, 『유혹하는 글쓰기』(2002), p. 123, 김영사

28. 신영복, 『감옥으로부터의 사색』(1998), p. 123, 돌베개

29. 박준, 『당신의 이름을 지어다가 며칠은 먹었다』(2012), p. 111, 문학동네

30. 강원국, 『강원국의 글쓰기』(2018), p. 266, 메디치미디어

에필로그. 유시민, 『어떻게 살 것인가』(2013), p. 56, 생각의길

따라 쓰기만 해도 글이 좋아진다

글쓰기에 도움이 되는 필사 문장 30

초판 1쇄 발행 2023년 11월 06일
초판 6쇄 발행 2024년 8월 26일

지은이 김선영

편집인 이승현
디자인 유어텍스트

펴낸곳 좋은습관연구소
출판신고 2023년 5월 16일 제 2023-000097호

이메일 buildhabits@naver.com
홈페이지 buildhabits.kr

ISBN 979-11-983919-2-6 (13800)

좋은습관연구소에서는 누구의 글이든 한 권의 책으로 정리할 수 있게 도움을 드리고 있습니다. 메일로 문의주세요.